新潮文庫

ドルジェル伯の舞踏会

ラディゲ
生島遼一訳

新潮社版

567

序

ジャン・コクトー

レーモン・ラディゲ (Raymond Radiguet) は一九〇三年六月十八日に生れた。彼は奇蹟《きせき》的な生涯を終った後、一九二三年十二月十二日、それとは知らずに死んだ。文壇の批評では彼は冷たい心 (cœur sec) をもっているといわれていた。レーモン・ラディゲは硬《かた》い心 (cœur dur) のもちぬしだった。彼のダイヤモンドの心は些細《ささい》な接触には動じなかった。火か他のダイヤモンドが必要だった。その他のものは彼は問題にしなかった。

運命を非難してはいけない。無情だというのをやめよう。彼は年齢が終りまであまりにも迅速に展開してしまう厳粛な種族の一人だった。

彼は「肉体の悪魔」の終りに書いている——《真の予感はわれわれの知性の達しえない深さにおいてつくられる。そこで、予感はしばしばわれわれに、われわれがすっかり誤って解釈するような行為をさせるものだ……死期が近づきつつそれを少しも知らぬ無秩序な人間が、突如として、自分のまわりをきちんと整頓《せいとん》する。彼の生活が一変する。書類を分類する。早く起き、早く寝る。今までの悪習をやめる。周囲の者はそれを大いによろこぶ。そこで、急激な死が襲うと、たいへん残酷なことだと思われる。彼はこれから幸福に生きようとしていたのに、、、、、、、、、、、》

四カ月以来、レーモン・ラディゲは正確になっていた。彼は眠り、整理し、書写した。

私は愚かにもそれをよろこんでいた。上質ガラスを切る器械の複雑さを病的な無秩序だと私は思いちがいをしていたのだ。

彼の最後の言葉はつぎのようなものだった。

十二月九日に彼は私にいった。「三日後に僕は神の兵隊に銃殺されるんだ」私は涙で息がつまり、それと反対の情報をいろいろ捏造《ねつぞう》していった。と、彼はつづけていう。「君のより僕の得ている情報のほうが確かなんだ。命令はもう出てしまった。僕はその命令を聞いたんだ」

その後でまたいった。「色がうろうろ行き来している。その色の中にかくれている人間たちがいる」

私はそういう人間たちを追っぱらうべきかといった。彼はこたえた、「君にはあいつを追っぱらえない。君には色が見えないんだから」

それから、彼は意識を失った。

彼は口をうごかし、私たちの名を呼び、驚いたようにその目を母や父や手の上にすえつけた。


レーモン・ラディゲはここにはじまる。


彼は三冊の書物を残している。未発表の詩一冊、未来を約束する傑作『肉体の悪魔』(Le Diable au Corps)、そして約束の実現たる『ドルジェル伯の舞踏会』(Le Bal du Comte d'Orgel)(1)。

そのような年齢で書けるはずがない作品を発表する二十歳の青年に人は慄然《りつぜん》とする。

昨日死んだ人間はすでに永遠である。日付のない書物の年齢のない作者、『舞踏会』

の小説家はこういう人物だ。

高熱に苦しんでいたホテルの一室で彼はこの『舞踏会』の校正刷りを見ていた。これにはもういかなる修正も加えないつもりであった。

死は彼の形成に関する思い出をすっかり消してしまった。コント三編、『肉体の悪魔』(魔に憑《つ》かれて)の長い付録と見るべき『イール・ド・フランス』『イール・ダムール』、歴史の場景『シャルル・ドルレアン』これも最初の小説における偽りの自伝と同じように空想的なもの。*

私が要求する唯一《ゆいいつ》の名誉は、死によってあたえられるであろう立派な地位を生前のレーモン・ラディゲにすでにあたえていたことだ。

1　ジャン・コクトー、エリック・サチと合作のオペラ・コミック『ポールとヴィルジニー』Paul et Virginie のほかに、稀本《きほん》の小冊子が若干ある――『休暇中の宿題』Devoirs de Vacances.(イレーヌ・ラギュの挿画《さしえ》)1921, La Sirène.『燃える頬《ほお》』Les Joues en Feu.(ジャン・V・ユゴーのエッチング)1920, François Bernouard.『ペリカン』Les Pélicans.(H・ロランスのエッチング、ジョルジュ・オーリックの間奏曲)、ジャン・コクトー、フランシス・プーランクとの合作の滑稽《こっけい》風の批評『理解されぬ憲兵』Le gendarme incompris. 1921, La galerie Simon. その他、Sic, Nord-Sud, Littérature, Le Coq, Le Gaulois, Les Écrits Nouveaux, Le Feuilles libres, Comœdia, Les Nouvelles Littéraires に発表した種々の文章。

詩人の肖像には――

リュシアン・アルフォンス・ドーデ作のデッサン（1920）、エマニュエル・ファイ作デッサン（1929）、ヴァランチーヌ・V・ユゴー作デッサン（1920）、ピカソ作石版画（1920）、ジャック・リプシッツ作胸像（1920）、ジャック・エミール・ブランシュ作油絵二枚（1922）、マリ・ローランサン作鉛筆画（1923）、ジャン・コクトー作デッサン数葉（1920―1923）。

追記――レーモン・ラディゲはすべて自然にそむくものとか神童とかいったものをきらったが、――彼は十五歳のとき自分は十九歳だといっていた――彼の詩は十四歳から十七歳までのあいだに、『肉体の悪魔』は十六歳から十八歳までのあいだに、『ドルジェル伯の舞踏会』は十八歳から二十歳のあいだに書かれたことを指摘しておくべきであろう。**

一九二一年以来、彼は『舞踏会』のために材料をあつめていた。一九二三年九月末ごろ、田舎でこの作品を完成すると、彼は覚え書のカードを破りすててしまった。

『シャルル・ドルレアン』のカードを入れていた箱の中に、封筒に収めた一枚のカードを私は発見した。これは貴重だと思う。私はそれをつぎに写しておく。

ドルジェル伯の舞踏会

心理がロマネスクであるところの小説。

想像力の唯一の努力がそこに集中される。すなわち、外的な事件にではなく、感情の分析に集中する。

もっとも純潔でない小説と同じくらいにみだらな貞潔な恋愛小説。粋《いき》(élégance)は一見下手《へた》な着物の着かたをすることが必要であるように、文章のまずい様式。

《社交界的》な側面。

ある種の感情の展開に必要な雰囲気。しかしこれは社交界の描写ではない。プルーストとの相違。背景は重要ではない。

私の序文の二個所を確かめてくれるつぎのノートはレーモン・ラディゲの覚え書カードの中に見いだされたものだ。

J・C・

＊

『肉体の悪魔』について

日付なし

皆は僕の本の中に告白を見ようとした。なんという誤りだ！　青年や女によく見うけられる犯しもせぬ罪をいかにも自分がしたように虚栄心からいう偽りの告白、あの魂のメカニスムは僧侶《そうりょ》たちがよく知っている。この作品ですべてが虚偽であるのは、『悪魔』に小説の浮彫りをあたえるためであり、また主人公の青年の心理を描くためである。このようなからいばりは彼の性格の一部をなしている。

＊＊

「こういう早熟な知性をもつ驚くべき少年が数年後には驚くべき愚人となる！」

どの家族にも一人くらいは神童がいる。神童などという言葉は家族が発明したのだ。たしかに、驚異にあたいする大人がいるように神童は存在する。それが同じ人間であることは稀《まれ》なのだ。年齢は問題にならない。僕を驚かすのはランボーの作品であって、彼がそれを書いた年ではない。偉大な詩人はみな十七歳で書いた。そういうことを忘れさせるのがもっとも偉大な人たちなのだ。

ポール・ヴァレリー氏は「あなたはなぜ書くか?」という最近のアンケートにこたえて、「弱気から」といった。

僕はその反対に、書かないのは弱気からだと信じている。ランボーは、自己を疑い、後世の栄誉を全《まっと》うする気持から書くのをやめたのだろうか? そう思わない。後になるほどいいものが書けるのだ。しかし、後にいいものが書けるのを待ちつつ作品を見せる勇気のない臆病《おくびょう》な連中がこれを言い訳にしては困る。なぜなら、も少し深い意味でいうならば、人はもっといいものを書くこともなければ、もっと悪いものを書くことも絶対にないのだから。

ドルジェル伯の舞踏会

ドルジェル伯爵《はくしゃく》夫人のそれのような心の動きは時代おくれなのだろうか？　義務ということと感情のもろさとのこのようなもつれあいは、今日《こんにち》ではいくら名家の出身でしかも植民地生れの女だといっても、ありそうもないことと思われそうだ。つまりはこうであるまいか——われわれの注意が、清浄なものは乱れたものよりおもしろくないという理由で、わきに逸《そ》れてしまうということでは？

しかし清浄な心のやる無意識の操作《はたらき》というものは、不行跡《ふしだら》な心のやるさまざまな工夫工面より、もっと奇異なものである。ドルジェル伯爵夫人をあまり貞淑すぎると考える、あるいはまたあまりに誘惑にもろすぎると思う世の婦人たちに答えとしたいのは、このことだ。

ドルジェル伯爵夫人は名門グリモワール・ド・ラ・ヴェルブリ家の生れであった。これは幾世紀にもわたって無比の栄誉をしめしてきた輝かしい名家だ。といっても、ドルジェル伯爵夫人の先祖の人びとがなんらそのことに努力したわけではない。他の多くの家族が貴族の称号をそれで得たというような光栄ある機会などはまるで知らぬというのを、この一家は誇りとしていた。こういう態度はいつかは危険なしにはすまなかった。ルイ十三世に封建貴族の勢力を弱めねばならぬと決意させた輩《やから》の中でもグリモワール一門はもっともねらわれた一族だ。一族の主長はこの屈辱にたえきれず、フランスを去った。グリモワール一家はマルチニック島*に移住した。

ラ・ヴェルブリ侯爵は島の住民に対して、祖先の者たちがオルレアン地方の農民に対してもっていたような勢力をふるうことができた。彼は甘蔗《さとうきび》の栽培を経営した。権勢欲をみたしつつ、財産をふやした。

ここで、われわれはこの家族の中に一種奇異な性格の変化が生じるのを見はじめるのである。こころよい太陽の下で、この一家を麻痺《まひ》させていた自尊心が少しずつ溶けてゆくらしい。グリモワール一家は枝葉を苅《か》りこまずにうっちゃられた樹《き》のように、ほとんど全島にわたって枝をひろげていった。島に上陸した人たちはさっそくこの一族にあいさつに出かける。新来の人がこの一族となにかで血縁につながる者だということになると、もうそれで彼の成功はまちがいなかった。だから、ガスパール・タシエ・ド・ラ・パージュリが島に到着してさいしょにしたことは、遠縁とはいうもののとにかく自分も親戚《しんせき》の一人だということをはっきりさせることだった。グリモワール家の男子の一人がタシェ家の娘と結婚して、このあまり確かなものでもないつながりをしっかり結ぶことになった。そうこうするうち、年月がすぎた。グリモワール家のうしろだてがあったにもかかわらず、ラ・パージュリ家はあまり羽《は》ぶりがよくなかった。不人望と悪評がその極に達していたとき、若いマリ・ジョゼフ・タシェがフランスにむかって旅だち、そして父がサン・ドミンゴ島に栽培場をもつボーアルネ家の一人と彼女が結婚することが発表された。

ジョゼフィーヌの離婚後、＊この女《ひと》にひどくあたらなかったのはグリモワール一家の人びとだけであった。この一家に大革命を知らせたのはジョゼフィーヌだった。彼らはこの報告をよろこんでうけとった。グリモワール家の人びとは、自分たちの権利を奪ったような一族が長く王位にとどまっていられるとはけっして考えていなかった。おそらく革命を指導しているのは諸侯たちで、彼らの利益のために起した革命だとさいしょ思ったらしい。が、フランスにおける事情をはっきり知るにいたると、断頭台に上らされる連中は自分たちの例にならっていい時機に、つまりルイ十三世の治下に逃げださなかったのがわるいのだと非難するのであった。

彼らは自分たちの住む島から、いじわるい隣人が隙見窓《すきみまど》のうしろにかくれて見るように、旧大陸を観察していた。この革命は彼らを陽気にした。たとえば、彼らの親戚の娘とボナパルト将軍の結婚ほど、おかしなものがあるだろうか！　が、いよいよ冗談がひどすぎると思われたのは、帝政の宣布のときだった。彼らはそこに大革命のフィナーレを見た。この打上げ花火の最後の火花は勲章や爵位や財産の雨となって降り落ちてきた。舞踏の仮面をとりかえるように名をかえるこの巨大な仮装舞踏会は彼らには不愉快だった。マルチニック島では異様な混乱があらわれた。快適な島からみるみる人間がたちのいていった。自分を中心に一族をつくろうとするジョゼフィーヌは宮廷のまわりにどんなに遠縁であろうが近親者をあつめようとした。ときにはじつに身分の卑《いや》しいものもあったが、とにかくきのうきょうの家名というのではない人たちだった。彼女がまず呼びよせようと考えたのはグリモワール一家であった。グリモワール一家はそれに応じない。ジョゼフィーヌが離婚されたらふたたび交際してもいいというのだ。侯爵は彼女にあててたいへん道徳的な手紙を書き、そういうことを自分は本気ではうけとれない、といってやった。自分のところへ来て暮してはどうか、とすすめた。彼の帝政への憎悪《ぞうお》が爆発した。これまでは、姻戚関係があるので、がまんしていたのだ。

幾世紀にもわたってこの家族の歴史を跡づけつつ、要するに作者がただ一人の同じ人物しか見ていないようなのが、奇妙かもしれない。つまり、作者にはここではグリモワール一族のことはどうでもよく、この一族の人びとがその中に生きている一女性を問題にしているからなのだ。のんびりとした空の下のハンモックで生きるために生れたグリモワール・ド・ラ・ヴェルブリ嬢は、たとえその生れた家がどうあろうと、パリやよその女ならかならずもっているといっていい武器を元来もたないということを、理解していただきたい。

マオは生れたときあまりたいして喜ばれなかった。グリモワール・ド・ラ・ヴェルブリ侯爵夫人は生れたての赤ん坊というものをまだ見たことがなかった。生れたマオを母親に見せに行くと、出産の苦痛には雄々しくたえたこの婦人は畸型《かたわ》を生んだと思って気絶してしまった。この最初の衝撃からなにかがのこった。幼いころのマオはいろいろ疑心をもって見られた。口をきくのがおそかったから、母親はこの子は唖《おし》だと思った。

グリモワール夫人は、男児をのぞんで、つぎの子供の生れるのを待ち遠しがっていた。娘には欠けていたあらゆる長所をこの男の子に想像していた。おそろしい噴火でサン・ピエール市が壊滅したとき、彼女はちょうど妊娠中だった。侯爵夫人は奇蹟《きせき》的に助かった。が、人びとはちょっとのあいだ彼女は気がおかしくなりはせぬか、やがて生れる子供はどうだろうと心配した。そのとき以来、彼女は島がひたすら恐ろしいものとなった。ここにとどまるのはいやだといった。医者たちは彼女の意志にまかせてやらぬのはどんなに残酷であるかを夫に注意した。こういうわけで、どんなことにも王国をあたえるという約束にも頑《がん》として動く気にならなかったグリモワール一家は、一九〇二年七月にフランスへ帰国したのだ。偶然にも、ラ・ヴェルブリの領地が売りにでていた。侯爵は祖先の怨《うら》みをすすぐという確信をもって、わが家の旧領地をとりもどした。ルイ十三世の懇請を容《い》れて帰国した自分の祖先であるような気がした。彼はいまでも彼らの領主だと考え、そこの百姓たちを相手に訴訟をつづけて一生をすごした。

グリモワール夫人は死児を生んだ。大地震が原因の婦人特有の病疾によって、夫人は母になる資格をうしなっていた。死んで生れたのが男の子であっただけに、彼女の絶望はいっそうつのった。そのため、夫人は一種病的な虚脱症におちいってしまい、ちょうど絵に描かれた植民地婦人のように、一生を長椅子《ながいす》の上に横たわってすごす結果になった。

母としてもう男の子を望めなくなった以上、彼女のマオに対する愛情が大きくなるのが当然のように思われはしないか？　ところが、この生命にみちあふれて騒々しい小娘は、彼女にはくだかれた希望へのほとんど侮辱のような気がするのだった。

マオはラ・ヴェルブリで野生の蔦《つた》のように成長していった。彼女の美しさと才気は一日のうちに生れなかったが、それだけいっそう確実に育った。グリモワール一家の内ではなにか家族伝来の品のように貸しあっているマリという黒人女中だけに、マオはほんとうの愛情らしいものを見いだしていた。従属的な愛情、つまり、もっとも恋に似たやさしさである。

政教分離の後は、マオをこのラ・ヴェルブリで教育するよりしかたがなかった。グリモワール嬢は田舎の立派な家柄に生れた貧しいオールド・ミスの手にあずけられた。彼女の母は終日うつらうつらと眠っていた。父が自分でおしえてくれた唯一《ゆいいつ》のことは、グリモワール家の娘にふさわしい人間は世間に一人もおらぬということだ。しかし、彼女は十八のとき、フランスでは相当立派な家柄のアンヌ・ドルジェル伯爵と結婚して、それで少女時代のみずみずしさをまたとりもどした。夢中になって夫に惚《ほ》れこみ、夫のほうではその代償として深い感謝と心からの友情をしめした。彼は自分ではこれを愛だと思っていた。この結婚をいい目で見ていないのは黒人女中のマリだけだった。年齢《とし》のちがいが不満なのだ。彼女にはドルジェル伯爵は老人すぎると思われた。とはいうものの、マリは伯爵夫人のそばをはなれぬために、ドルジェル邸にはいった。別に仕事はない、ということだった。だのに、彼女の受持仕事がはっきり決っていないので、他の召使たちはなにやかやこまごました仕事をこの女にさせるのだ。一日がおわると、黒人の女は疲労でくたくたになっていた。

アンヌ・ドルジェル伯爵はまだ若かった。やっと三十になったばかりだ。彼の栄誉、というか少なくとも彼の並はずれた社会的地位がなにによるかは、誰も知らない。彼の名はたいしてそれにかかわりがない。それほど、名の催眠術にすぐかかってしまう人たちの世界でも、やはり才能がすべてに先だつものなのだ。といっても、彼のすぐれたところは、自分の血統の美質と社交の才というにすぎなかった。世間がばかにしながら尊敬していた彼の父は最近死んだ。アンヌはマオにたすけられて、以前には人びとがじつに退屈したドルジェル邸にはなやかな光彩を復活させた。大戦直後にはじめて舞踏会のさきがけをしたのはドルジェル家であるといってもいい。故ドルジェル伯爵が存命中だったら、息子が招待客をえらぶのに個人的な才能や財産にあまり重きをおきすぎると、きっと不服だったろう。えらび方はそれでもやはり厳格だったのだが、この折衷主義がドルジェル夫妻の成功の小さからぬ原因だった。一方では、いつも自分らと同等の連中ばかり招待して退屈に消耗している親類の者が悪口をいうたねにもなった。そこで、ドルジェル家の宴会は、こういうたちの親類縁者にとって気ばらしをし悪口をいう無二の機会だった。

　故ドルジェル伯爵をさぞ驚かしたと思われる招待客の中に、まず若い外交官のポール・ロバンをあげなければなるまい。彼はある種の家々に客にされるのをチャンスと考えている男だ。そして、この男にとって、ドルジェル家へ行くのは最大のチャンスなのであった。彼は人間を二種に分類していた。――一方はリュニヴェルシテ街（訳注　ドルジェル邸のある町名）の宴会に招かれる人びと、他方はそうでない人びとというふうに。この分類は彼がものに感心する場合に抑制することさえあった。彼はいちばん仲のいい友人のフランソワ・ド・セリューズにもやはりそういう態度をとる。この友が自分の名についたde《ド》（訳注　貴族の家名につく）を少しも利用しようとしないのを心ひそかに非難していた。かなり単純な人間であるポール・ロバンはいつも自分を標準に他人を判断するのが癖だ。フランソワがドルジェル夫妻をべつに異常なものとも思わぬことや、少しも無理をして近づこうとしないのが、彼には理解できなかった。もっとも、ポール・ロバンは現在のこのような自分勝手に考えているおのれの優越さで得意だったし、こういう状態を終らせるような試みはしたことがないのだ。

この二人の友達ほど、かけはなれた二人の人間を想像することはできない。しかも、二人はたがいが似ているから友達になったのだと思っていた。つまり、彼らの友情ができる範囲のことで、たがいに似るように強《し》いていたということなのだ。

ポール・ロバンの偏執は《成功する》ということだった。他人《ひと》は自分を待っていてくれるといった錯覚を普通人はもっているのに、ポールは汽車に乗りおくれそうだと思っていつもじだんだふんでいた。彼は《役割》というものを信じ、なにか一役演じることができるものと思っていた。

十九世紀の発明であるこのような愚かしい文学をいっさいすててしまったら、彼もどんなに魅力のある人間だったろう！

しかし、深奥《しんおう》な性質を感じることができず、ただ仮面にだまされがちな人びとは、動く砂に足をとられるのがこわくて、どんどん思いきって歩く勇気がない。ポールはある一つの像《すがた》をうまく身につけたと信じている。事実は、ただおのれの短所を克服しないで満足しているにすぎなかった。こうした雑草が少しずつ彼を侵してしまったので、実際は弱気でそうしているにすぎないくせに、これは政策的にやっているのだと他人に思わせとくのが便利だと考えるようになった。卑怯《ひきよう》だといっていいほど慎重な彼がいろんな場所に出入りした。どんなところにも一本足をつっこんでおくべきだと思っていた。こういうやり方ではとかく平衡を失いやすいものだ。ポールは自分を慎み深いと思っているが、要するに、こそこそとつまらぬ隠しだてをしあるいているにすぎない。こうして彼は生活をいくつかの仕切りに分けていた。自分だけが一つの仕切りからも一つのほうへ自由にうつりうると思っている。世界は小さいもので、どういう場所ででも出会うことがあるものだということを彼はまだ知らなかった。今夜はどうしてすごすのだとフランソワ・ド・セリューズにたずねられると《ちょっとある人のところへ招待されているんでね》とこたえる。この《ある人》は彼にとっては《おれの人》という意味だ。そういう人びとは彼のものなのだ。彼はそれを独占している。一時間後に、その晩餐会《ばんさんかい》でセリューズにひょっこり出会ったりするのだ。が、こんな隠しだてでちょいちょい失敗をしながらも、彼はこんなやり方をやめることができなかった。

これと反対に、セリューズは無頓着《むとんじやく》そのものだった。彼は二十歳だ。その年齢と無為の生活にもかかわらず、彼はしっかりした年長者たちに信用されていた。いろんな点でかなり没常識ではあるが、あまりなむてっぽうをやらぬ常識があった。この男を早熟というのはおよそ不正確だ。あらゆる年齢にはそれぞれの果実がある。それをうまく収穫することが大切だ。しかし、若い者たちはもっとも手のとどきにくい果実を早くとろうとあせり、はやく大人《おとな》になろうとあせるあまり、目のまえにある果実を見落すのだ。

一口にいって、フランソワは正確に彼の年齢《とし》なのだ。さて、あらゆる季節の中で、春はもっともよく似合うと同時に、またもっともうまく着こなしにくい季節である。彼がそのそばにいて年をとった唯一の人間はポール・ロバンだった。二人はたがいにかなり悪影響をあたえあっていた。

一九二〇年二月七日の土曜日、この二人の友は『メドラノ』曲馬へ出かけていった。腕達者な道化《クルン》の出演が劇場の客をこちらへひきよせていた。

演芸ははじまっていた。道化の登場より観客の入場に気をつけているポールは、見知り顔を目でさがしていた。突然、彼は飛びあがるように立った。

二人のちょうど正面に一組の男女がはいってきた。男のほうは手袋でかるくポールにあいさつした。

「あれがそのドルジェル伯爵《はくしゃく》なのかい？」とフランソワはたずねた。

「そうだ」とポールは得意そうにこたえる。

「いっしょにいるのは誰？　奥さんかい？」

「うん、マオ・ドルジェルさ」

　幕あいになるがはやいか、ポールは悪事をはたらいた人間かなんぞのように混雑を利用してこそこそと出ていった。ドルジェル夫妻の姿をもとめてである。夫妻に会いたい、それも自分一人で会いたいのだ。

　セリユーズは廊下を一まわりした後、フラテリニ兄弟の部屋の扉をおした。みんなは踊り子の楽屋訪問をするようにこの楽屋へやってきた。

あたり一面に人目をおどろかすような派手な品々が漂流物のように置かれていた。その本来の意義を失ってしまった品物だが、こういう道化役者たちの手もとではより高い意義をもつのだ。

　ドルジェル夫妻は、曲馬《シルク》へ来た以上、どんなことがあってもこの道化役者の楽屋訪問を欠かしたことがない。アンヌ・ドルジェルはこうやって自分の気さくな態度を見せるのだった。

　セリユーズがはいってくるのをちらと見た伯爵はすぐこの名前を彼の顔にあてはめ

た。伯爵はたとえ劇場のはしとはしとの座席からであろうと、一度見た人間ならちゃんと一人一人おぼえていた。自分からわざとそうするときのほか、まちがったり人名をとりちがえたりはけっしてしなかった。

彼は知らない人間に言葉をかける習慣を父からうけついでいる。故ドルジェル伯爵は珍奇な動物あつかいにされることを快しとせぬ者たちからたびたび無愛想《ぶあいそ》な返事をされたことがあった。

しかし、ここでは楽屋がせまくてたがいに知らぬ顔はできないのだ。ちょっとのあいだ、アンヌは前から顔を見知っているというふりはせずにふた言み言話しかけながら、セリューズに小手調べをやった。しかし、フランソワのほうではそんな中途半端《はんぱ》なあつかいに迷惑していること、これでは勝負《ゲーム》は公平でないことがアンヌにわかった。そこで彼は妻の方をふりむいて「セリューズさんは私たちがこの方《かた》を存じあげているほどには、こちらをご存じじゃないらしいね」といった。マオはこの名はまだ一度も聞いたことがないのだ。が、夫のこうしたやりくちには慣れていた。夫はセリューズに微笑《ほほえ》みかけながらつけくわえていった。

「ロバン君には、《お会いできるなにかいい機会《おり》をつくってくれ》って、たびたびいっていたんですよ。私たちの意向をちゃんとつたえてくれなかったとみえますね」

平素からその悪い癖を知っているポールとフランソワが仲よくいっしょにいるのを見たやさきだから、お愛想そのままの嘘《うそ》をいった。

三人で、ロバンの陰でちょこまかする癖を笑った。あの男をいっぱいかついでやろうじゃないか、ということになった。アンヌ・ドルジェルとフランソワはずっと以前からの友人同士といった顔をしようと、二人のあいだで相談ができた。

この罪のないいたずらが友情の前置きのような手数をはぶいてくれた。アンヌ・ドルジェルは、はじめてでもないフランソワに曲馬の厩舎《きゆうしや》をまるで自分のものを見せるような態度で案内したがった。

ときどき、彼女のほうで気づくまいと思うときに、フランソワはドルジェル夫人にちらっと一瞥《べつ》をおくった。彼は彼女を美しくて、ひとを軽蔑《けいべつ》しているようで、うわのそらといった感じだと思った。実際、うわのそらだった。彼女の心を夫思いの愛情からわきに逸《そ》らせるものはほとんどなにもなかったから。彼女の話しっぷりにはどこか荒々しいところがあった。このどこかきびしい優雅さをもつ声は、深く考えない者には、しゃがれた、男みたいな声のように思えるのだ。顔の造作以上に、声は血統をあらわすものである。一方、同じような単純さから、アンヌの声を女性的だと思う人もある。彼は家代々ゆずられた声、あの芝居のほうにのこっている裏声のもちぬしだった。

お伽話《とぎばなし》を実地に生きることはべつに人を驚かさない。ただその思い出のみがわれわれにこの世のものならぬ不思議を発見させるのだ。フランソワは自分とドルジェル夫妻との出会いがどれほど小説的《ロマネスク》であったかが十分理解できなかった。いっしょにポールをいっぱいかついだことが、彼らを急に親密にさせた。共犯者だという気がした。彼ら自身が自分にだまされていたのである。なぜかといえば、自分たちがずっと以前から知合いであるとポールに信じさせようとしてそのことを彼ら自身が信じてしまったからだ。

ベルが幕あいのおわったことを知らした。フランソワはドルジェル夫妻とわかれてまたポールのそばに行かねばならぬと憂鬱《ゆううつ》な気持で思っていた。アンヌが《いっしょになるために》そばの誰かの席をあけさせようじゃないか、といった。これで茶番はいよいよおもしろくなりそうだ。

ポールは遅れることが大きらい、すべて無益なことで人目につくのがきらいだ。彼は自分の考えより他人の考えをまず気にする。ドルジェル夫妻のそばへ行けなかったこと、途中で会ったつまらぬ人間をうまくさばくことができなかったことでむしゃくしゃしていた彼は、フランソワが席へもどってくるのが遅いので大いにご機嫌ななめだった。さて、三人そろってむこうにならんでいる姿を見たとき、彼はおのれの目を信じることができなかった。

アンヌはいつも世界じゅうの人間から知られているように行動する。ただ、父の老伯爵とはちがって、いい効果がおさめられるように愛嬌《あいきよう》よくそれをやる。この自信というか無頓着なやり方が今度もうまく成功した。案内女にちょっとひと言いっただけで、二人の観客の席をよそへうつすことができた。

アンヌ・ドルジェルとセリューズが仲よく対話しているということは、事の飛躍ということに慣れぬポールには、この二人がずっと以前からの知合いだと想像させるのだった。やけに腹がたち、いっぱい食わされたという感じで、彼は自分の驚きをつとめてかくそうとした。

アンヌ・ドルジェルが物事に熱中する能力は無限であった。曲馬へははじめて来た人のように見えた。しかしまた上演種目はよく知っているふりをせずにはおかない。矮人《こびと》がトラックの周縁《ふち》にあらわれると、さっきポールにむかってしたように、しきりに手をふった。

つまり、彼はこの地上のえらい権力者といった人たちのことはあいまいな言葉を使って話すが、それは自分のことを話すにふさわしい謙遜《けんそん》さをもってそうするのである。たとえば、ある国の女王のことをあっさり無遠慮な言葉で評するかと思うと、一方、他の社会階級、つまり彼の目からみれば低い身分の人間のことを、学者が昆虫の生態を説明するように一時間にもわたって、微に入り細に入り、熱情をこめて語ることもあった。また、話がこういう自分と異なった種族のこととなると、彼は正しい判断力をうしなったようで、ただ他人を眩惑《げんわく》することしか考えなかった。そういうとき、あの多弁な臆病《おくびょう》が彼を駆りたて、もっともひどいへまをやらせたり、燈火《とうか》のまわりをとびまわる蛾《が》のような狂態を演じさせるのだ。

大戦中に彼はいろんな階級の人間に近づくことができた。そのために、戦争は彼にとってじつに《おもしろかった》のだ。

このおもしろがりが彼の英雄行為《ヒロイズム》からその利得を台なしにさせてしまった。彼はに、らまれた。将官たちは、たえまなしにしゃべり、およそ階級的敬意といったものをこれっぱかしももたず、ドイツ人の精神状態とかその気風についてはひとかどの知識をふりまわし、スイス経由でオーストリア人の親戚《しんせき》と文通していることをかくしもせぬこの青二才を好まなかった。彼はレジョン・ドヌール勲章をもらってもいい功績を幾度もたてたくせに、一度ももらったことがなかった。

彼の父のことも、こういう不公平なとりあつかいに大いに影響していた。この父ときてはじつに頑固だった。シャンパーニュ地方のコロメールの別荘を絶対に離れようとしないのだ。《おれは砲弾なんか信じないぞ》と、毎日の散歩に出るために馬車の用意を命じる馭者《ぎよしや》にどなりつけた。通過のための合言葉をきく哨兵《しようへい》には「ドルジェル氏だ」といつもこたえた。

階級を見わけることが全然できず、彼は相手の兵士が金筋さえつけておれば「士官さん」と呼びかけた。軍曹だろうが、大佐だろうがおかまいない。それに対して、ずいぶんいろんな悪戯《いたずら》で復讐《ふくしゆう》された。祖国はいま伝書鳩《ばと》を必要としているという口実で、この邸《やしき》に宿泊中の士官たちは鳩舎《きゆうしや》から鳩を徴発しすぐその晩それで食膳《しよくぜん》をにぎわしてしまった。ドルジェル氏はそれを知った。この日以来、彼はいつもくりかえした、《おれはジョッフルさんはどんな値打ちのある人か知らぬ。が、その部下は詐欺師《さぎし》だ——》

鳩がすっかりいなくなってからまもなく、鳩のいた小塔は射撃の邪魔になるし、ドルジェル氏がそこから信号をするおそれがあるという口実で、鳩舎を破壊せよという命令が下った。老人はこの鳩舎を、館《やしき》それ自体より誇りとしていたのだ。これを所有するのは封建貴族の一特権であったというそうした鳩舎の一つだったから。

そこで、フランス軍の退却のときに、ここがドイツ軍に占領されるのをドルジェル氏はほとんど意に介しなかった。ドイツ軍の士官たちは彼を丁重にとりあつかった。ドイツ人は貴族の名を尊敬する。ことにドイツの辞書に二、三段にもわたって記されているドルジェルという名は、他にもまして尊敬する。ドイツはわが国の亡命貴族の名誉を大切にするのだ。そして、ドルジェル一族は大革命の初期にドイツとオーストリアに逃亡してそこで子孫を繁栄させた家族でもあった。

ドイツ軍がコロメールを撤退したとき、ドルジェル氏はフランス軍の指揮官たちに会うのを避けて、パリにかえった。彼がドイツをしきりに讃美したことは、息子が勲章をもらうことを前もって邪魔していた。《プロシア兵はまったく見あげたものだった》と彼はくりかえしていい、かれらの行儀のよさをほめたたえた。

「だいいち、われわれの家代々の敵は、フランスだよ」こういうふうに結論した。

アンヌは出征しているし、その姉は前線へ行って負傷兵の看護をしていたから、ドルジェル伯爵はある空襲の夜、リュニヴェルシテ街の邸で召使たちに見とられつつ、心臓麻痺《まひ》で死んだ。彼はみんなに、これはパリから住民をたちのかせるためにフランスの飛行士が政府の命令をうけて偽《にせ》の爆弾を投下しているのだと説明していた。

「あなた、私たちといっしょにロバンソンの踊り場《ダンシング》*へ行きませんか？」

メドラノ曲馬を出がけに、アンヌ・ドルジェルはフランソワにこういってさそった。彼の妻はびっくりした様子で夫をじっと見つめた。

フランソワはぎくりとした。ドルジェル夫妻がこれからどこへ行くにしても、自分はこの二人とわかれるといった気が全然していなかったからだ。

ドルジェル夫妻の自動車には補助椅子《いす》がなかった。ぎっしりつめても三人しか乗れない。愉快な一夕をのがすより風邪をひいたほうがましだと思うポールはすばやく運転手のわきに乗りこんだ。この動作はちょっとフランソワに対する挑戦のつもりであった。ポールは、すすんでいちばんわるい席にすわるほど、自分はドルジェル夫妻とは昵懇《じっこん》の間がらだということを見せたかったのだ。

「ロバンソンへはいらっしたことがありまして？」とマオがたずねた。

フランソワ・ド・セリューズはこの村のことは自分の家族と親しい老人たち、フォルバック一家の人たちからよく話を聞いていた。セリューズ夫人は未亡人になると、つまりフランソワが生れてまもなく、ノートル・ダーム・デ・シャン通りの家を去って、一年じゅうシャンピニーに住んでいた。フランソワがパリ市内で夕食をするときは、フォルバック家で服を着かえ、泊ることにしている。フォルバックの家の人から自分たちの若かったころのロバンソンの話はよく聞かされてはいるものの、一度も行ったことのないフランソワは、そこは田舎じみた場所で非常に年とった人たちが驢馬《ろば》に乗って散歩したり、木の上で食事したりしているようにばかり想像していた。

休戦の翌年、郊外でダンスをすることが流行した。珍奇なためというのでなく、必要のためにはやる流行はなんでもこころよい。警察の取締りがやかましいので、早くから寝つく習慣のない連中はこういう窮策に追いこまれたのである。郊外遊山《ゆさん》が深夜行われたのだ。草の上で夜食をした、といってもさしつかえない。

フランソワは実際目かくしされたままついていったようなものだ、どの道を走っているかも見当がつかない。車がとまったので、

「ここですか?」と彼はたずねた。

まだやっとポルト・ドルレアン(訳注 パリ南端の市門)に来たばかりだ。自動車の行列が動きだすのを待っていた。群衆がわきに人垣をつくっていた。ロバンソンでダンスをやりだしてから、場末町をうろつく人間やモンルージュあたりの町家の人たちがこの市門

のところへ上流人を眺めにやってくるのだ。

この厚かましい人垣をつくっている弥次馬《やじうま》たちは自動車の窓ガラスに顔をおしつけて、車内の人間をのぞいていた。婦人連はこの迷惑をおもしろがるようなふりをしていた。入市税関《オクトロワ》の役人ののろさがこんなことをますます長びかせた。陳列窓の品物のようにこんなに調べられ、ものほしげな目でじろじろ見られつつ、気の小さい婦人はグラン・ギニョル座*の気を失うような感じを味わわされた。こうした民衆の集まりはすぐ手荒なことをせぬ革命だった。成上り女は自分の頸《くび》に頸輪をちゃんと意識している。が、ほんとうの上流婦人が身につけている真珠を感じるためには新しい価値をくわえるこういう人目が必要なのだ。一方に大胆な女たちがいるかと思えば、また内気な女は毛皮の襟をさむそうに立てていた。

いずれにせよ、革命のことを考えているのは車の外より、内部だといっていい。民衆は毎晩無料でたのしめる見物《みもの》で大よろこびなのだ。しかも、ちょうどこの夜は大ぜい人がいた。モンルージュの映画帰りのお客さんたちは、土曜日のプログラムがおわった後、思いがけぬ特別番組が見られたわけだ。彼らには華美な生活をえがく映画がまだここでもつづいているような気がしていた。

群衆のあいだにはこれら当代の幸福な人たちに対する憎悪《ぞうお》はほとんどなかった。ポールは心配そうに、ほほえみながら、友人たちの方をふりかえっていた。数分たっても車が動きだすけはいがないので、アンヌ・ドルジェルは窓の外をのぞいた。「オルタンスだよ」と彼はマオにいった。「オルタンスをあのままにしてじっと見ちゃいられない。あの人の車が故障をおこしたんだ」

ガス燈の光の下で、頭に王冠装飾をつけ、夜会服をきたオーステルリッツ公爵《こうしやく》夫人が運転手の修繕作業をそばから指図しつつ、笑い、群衆に景気よく言葉をかけて応酬していた。彼女のそばには美人で評判のアメリカ人のミセス・ウェインがついている。社交界の名声はそうしたものだが、美人というこの評判には掛値があった。ちょっと目のきく者になら、ミセス・ウェインは美貌《びぼう》に自信ある女のように行動していないことは明瞭《めいりよう》だった。

ガス燈下に立ったオーステルリッツ公爵夫人は颯爽《さつそう》としていた。街燈照明のほうがシャンデリアの光よりこの女性にはぴったりしていた。彼女は町のあんちゃんたちにとりまかれて、まるで常日ごろからこんな連中とつきあってでもいるようにらくらくと身動きしているのだ。

この女《ひと》の大仰な家名をいうのを遠慮して、みんなはオルタンスとよんでいた。つまり、みんなから気軽に親しまれている。とにかく、先方で望まない人は別だが、誰とでも親しかった。まったく、善良《おひとよし》そのものだった。しかし、風儀を口やかましくいう人ならおそらくこの「善良《ひとのよ》さ」のせいで彼女を非難しただろう。素行が放縦《じだらく》だというのでこの人に反感をもつ家族もあった。帝政時代の元帥《げんすい》の一人の曾孫《そうそん》に生れた彼女はまた別の元帥の後裔《こうえい》の一人と結婚した。この人を知っているすべての男性の中で、オーステルリッツ公爵は彼女と親しくうちとけない唯一《ゆいいつ》の人であった。もっとも彼女のほうでも公爵にはあまりかまわぬことにしていた。若い者はこの公爵はもう死んだ人だと思っているくらいに目だたぬ人物だ。彼は馬種の改良に全生涯をささげていた。オルタンスのあの豊満な肉づきやちぢれ髪は、少年時代に肉屋だったという祖先のラドゥー元帥からうけついでいるのだろうか？　そういうものがなにか生肉と接していた結果から生れたのではないかと人にうたがわせる。気のいい女、気のいい娘で、下層社会の連中にも人気があって美しい婦人だと思われた。いい娘だというばかりでなく、いい曾孫《ひまご》娘なのだ。祖先の素性をかくすどころか、恋のしかたまで元帥の遺風をついでいた。彼女の好みはもっぱら中央市場風の健康さだ。不健全な嗜欲《しよく》があると非難もされていた。

若い人びとは彼女の同時代人ほど厳格ではなかった。で、操行にかけては一点非のうちどころのないドルジェル夫妻も彼女を避けたりはしなかった。こんなわけで、ドルジェル夫妻をいままで知らなかったフランソワも、オルタンスのほうはよく知っていたのだ。

三人の男がオーステルリッツ夫人の手に接吻《せっぷん》すると、見物の連中はどっと笑った。すでにドルジェル夫妻と一体になったような気がしているフランソワには笑いの原因がさっぱりわからなかった。手に接吻するしぐさばかりでなく、ドルジェル伯爵の声が群衆をこんなに笑わしたのだ。

ドルジェル夫人に理解できなかった一つのことは群衆の盲目的な同情が彼女自身よりオルタンス・オーステルリッツやエステル・ウェインに多くよせられていることだ。それは、公爵夫人とアメリカ婦人がどちらも夜会服で無帽だったからである。下層の女たちにとって《貴婦人》の属性はなにをおいても帽子なのだ。

ただ一人だけ、二列目にいる大男が公爵夫人にいっこう好意をしめさぬ態度をはっきりとっていた。この男が「ああ、おれが手榴弾《しゅりゅうだん》をもっていたらな！」とふてくされたようにつぶやいた。と、たちまち周囲からがやがや声がおこって、それ以上なにかいったら無事にすまぬというけはいがただよった。男はむしゃくしゃする気持を転換して運転手に八つあたりをし、《ぼんやり》とののしった。実際、運転手が汗だくになって、やっとうまくいったと思うと、クリックがちゃんとはまっていないで、車はまたがたんと落ちてしまう。公爵夫人はつむじ曲りの男にむかって呼びかけた。

「ねえ、そこののらくらさん。口ばかりえらそうにきいてないで、ちっと手つだったらどう！」

　ある種の事態やある種の言葉は、一六勝負のようなものだ。

(こいつはまずいぞ)とポールは思った。

　ところがまさに逆で、この言葉のために公爵夫人は大喝采《だいかっさい》を得た。

　おそらく、大男はこの喝采に圧倒されたのだろう。プリプリしながら——まさに滑《こっ》稽《けい》で、まるでお義理といった格好だが——彼は群衆をかきわけて、自動車の下へもぐりこみ、すぐ車を動けるようにしてしまった。

「この人にポルトを一杯ご馳走《ちそう》してあげるんだよ」とオルタンスは運転手にいった。箱の中から酒瓶《さかびん》とコップがとりだされた。そこで、公爵夫人は急場を救ってくれた男と乾杯し、これで完全に彼女の勝利におわった。

「さあ、いそいで出発！」と彼女は叫んだ。

　やがて、オーステルリッツ公爵夫人の太陽のような輝かしい光の余沢をいくらか浴びつつ、ドルジェル夫妻とセリューズ、および啞然《あぜん》としているポールの一行もロバンソンにむかって走りだした。

政変《クーデタ》はこういうふうに行われるものだ。

もと賭博場《とばくじょう》の監督をしていたジェラールは戦争中にパリ人の娯楽場を経営していた二、三の男の中の一人だった。彼は秘密のダンス・ホールをひらいた最初の一人だ。警察につけねらわれ、しかも警察を現在の違反行為より昔の悪事のために恐れている彼は二週間ごとに転々と場所をかえた。

パリ市内を一巡した後、小室ダンス・ホールを郊外の小さな家で代用することにした。もっとも有名なのはヌイーのそれだった。（訳注　ヌイーはパリの西北にあたる郊外地域）数カ月間、幾組もの上流の男女が人目をはばかるこの家の床板をみがき、ダンスのあいまには鉄の椅子にかけて休息した。

成功に有頂天になったジェラールは事業拡張を思いついた。彼は法外な値段で、ロバンソンの豪奢《ごうしゃ》な別荘を借りいれた。この別荘は前世紀の終りごろ有名な香水商のデュックの精神異常者の娘が指図して建てたものだ。デュックとは、広告や商標に、文字の洒落《しゃれ》で、公爵《デュック》の冠印をつけていた人物である。

この冠の装飾はデュック嬢が自分を裏切ったジプシー男を一生ここで待っていたというこの邸《やしき》の鉄柵《てつさく》や破風《はふ》にもつけられていた。

ポルト・ドルレアンから数キロのところまで来ると、懐中電燈《でんとう》をもった男たちがいて自動車で着く客に別荘までの道案内をしていた。

ポールはときどきドルジェル夫婦とフランソワの方をふりかえって微笑をおくった。この微笑はいろんな意味にとれた。（なァに、ぼくはこの座席で至極具合いいんですよ。ちっとも、寒かァありません）というふうにも、またはつらいが辛抱していますよ、というふうにも。おれはいっぱいかつがれたな、と彼は漠然と感じていた……あるいはおそらく、彼の微笑はただ散歩をする子供のよろこびを反映していたにすぎぬのかもしれぬ。

ドルジェル夫妻の自動車はずっとオーステルリッツ家の車のあとを追ってそのまま邸の前庭にすべりこんだ。踏み段の前でとまる前に、彼らは窓ガラスごしに、ジェラールが『侍従室』と名づけている部屋の中に大きなテーブルをとりまいて燕尾服《えんびふく》姿の男が大ぜいすわっているのが見えた。女は二人だけで、テーブルの両はしに一人ずついた。

曲馬から帰りがけのドルジェル夫妻やポールやフランソワは昼間のままの服装だ。ポールは少ししりごみした。さいわい、ドルジェル夫妻やオーステルリッツ公爵夫人と同伴でこの華美《はで》な集まりの中へはいってゆくという誇りが、きちんとした身なりをしていないひけ目の埋合せになった。しかし、つぎのことを見たときの彼の驚きはどんなであったか？　自動車の警笛《クラクソン》の音に、男も女も飛ぶように立ってしまい、テーブルは妖精《ようせい》劇の背景のように消えてしまった。その中の一人が正面ドアをさっとひらき、公爵夫人をいそいそと出迎えに来た。それはジェラールだった。これでわかったと思うが、あのテーブルをとりまく大ぜいは彼の使用人連中だ。お客が到着したのでみんな自分の部署にかえった。数日前からダンス・ホールがさびれて悲観していたジェラールは、せめて使用人連中と親睦《しんぼく》でもしようと考えて、やって来ない客のために用意してあった前夜のご馳走《ちそう》をふるまっていたところだった。《仲間》の一人が途中まで出て、燈火をつかって道に慣れない自動車をさそいこんでいた。

音楽がはじまった。フランソワ・ド・セリューズは、自分が黙っていられるこの騒音がありがたかった。

彼はドルジェル夫人を、自分が彼女にほほえみかけていることは意識せずに、ふりかえった。

「ミルザよ！　ミルザが来たわ！」とオーステルリッツ夫人が高く声をあげた。

事実、数人の友達をひきつれて、ペルシア国王の従兄弟《いとこ》で皆にこう呼ばれているペルシア人があらわれた。《ミルザ》というのは名ではなくて、称号なのだ。親しみのある呼び名としてこの略称を人びとは採用していた。

ミルザよりペルシア人らしいペルシア人はちょっと想像しにくい。が、彼の祖先のほしいままにした豪奢は彼においては別な形であらわれていた。彼は後宮《ハレム》をもっていない。ただ一人の妻さえ死んでしまっていた。彼は自動車を蒐集《しゅうしゅう》している。いつでも新型を誰よりも先にほしがり、完成されていないまだ不完全なのを買ってしまった。ニューヨークでないと修繕できない世界最大の自動車に乗って、ジエップへ行く途中故障で立往生したこともある。

彼はその同国人がかならずそうであるように政治狂だ。

パリでは、ミルザは軽佻《けいちょう》なふうに見られていた。世間はこの貴公子に享楽《きょうらく》の感覚があるとみとめていた。その理由は簡単だ。もしある場所が陰気だと、彼はさっさとかえってしまう。疲れを知らぬ享楽の追求者ではあるが、けっしてしつこく追わなかった。そして、彼の幸福や快楽を追う真剣さは、彼がそういうものをしっかりつかんでおらぬことを十分証明していた。

ミルザはフランソワ・ド・セリューズにたいそう友情をしめしていた。こちらもその友情にむくいていた。フランソワはこの貴公子が世間での社交人的な評判より価値のある人物だと洞察していた。

ミルザはすっかりマスコットあつかいをされ、宴会を賑《にぎ》やかにする才能をみとめられていたので、この男があらわれると、みんなが陽気に活気づく顔をしようとつとめた。フランソワ・ド・セリューズは、今夜は、ミルザをうるさい人間のように感じた。彼の到着は伴奏団《バンド》を活気づけた。まだ誰も踊る気になっていなかった。みんな踊った。フランソワは踊りが上手《じょうず》ではなかった。彼はドルジェル夫人を腕に抱けないのが残念だった。

踊っている一組の男女はその親和の度合いをはっきりしめすものである。ドルジェル伯爵夫妻の身ぶりの調和は愛や習慣のみがあたえる一致を証明していた。マオとのむつまじさをただそれは習慣のせいだといって、アンヌを非難すべきだろうか？　そうではない、伯爵夫人は二人分の愛情をもっていたのだ。彼女の愛はたいへんつよく、それはアンヌの上にまで影響して、愛情の交流を信じさせていた。フランソワにはこういういきさつが少しもわからなかった。彼は目前に、やさしい愛情でむすばれた一組の男女を見ていた。この結合は彼にはいい感じがした。彼はいつも習性になっているのとはまったく異なった気持を感じさせられた。彼の場合はいつも嫉《しっ》妬《と》が愛に先だつのである。今は彼の精神がいつものようにはたらかなかった。フランソワはこの夫婦のあいだに、そこへ自分がしのびこむ亀裂《きれつ》をもとめようとしなかった。彼はドルジェル夫人が夫と踊っているのを見て、自分が彼女と踊るのと同じ快さを感じていた。彼はぼうっとした気持でこの夫婦を羨《うらや》ましく思いつつ、そばのエステル・ウェインに返事もしなかった。彼女のいうことを聞きもせず、もしドルジェル夫人がその中で一役演じる幸福をものにしたいと望むならば、それはアンヌとマオとのむつまじさの中にもとめる、けっして二人の不和の中にではない、と心につぶやいていた。

ドルジェル伯はもうそれから腰をおろす暇もなかった。舞踏の休息中には自分でコクテールをつくった。それは酒場給仕《バーマン》の技術というより、むしろ魔法みたいなものだった。みんなは一度目は味わったが、二度目には敬遠した。つくり手自身も同様だった。ドルジェル夫人ひとりそれを飲んだ。それはアンヌがつくったものだから。そして、セリューズもドルジェル夫人のすることをまねて、飲んだ。

ミセス・ウェインはさいしょフランソワに踊らせようとしたが、やがてダンスは断念し、彼のそばに腰かけた。フランソワは一人でいたい気持だった。このアメリカ婦人の気のきかない冗談口を聞きながら、自分はいかにも世間知らずだと思った。つまり、彼女はフランソワがとっくに忘れてしまったことで、昨日おぼえてきたことを、話すからなのだ。彼女がなにか《気のきいたこと》をいうと、彼はフランス語の誤りだと思ってしまう。彼の気にいりたさと、自分をひきたたせたいために、彼女はくどくどというまでもない比喩《ひゆ》や考えをしつこく話すのだ。アンヌ・ドルジェルがコクテールをつくったとき誰かがいった《魔法》という言葉をまたとりあげて、媚薬《びやく》のことをいいだした。そして、トリスタンとイゾルデを永久にむすびつけたあの媚薬をはじめとし、あらゆる時代あらゆる国々の恋を刺激する目的でつくられる混合酒の調合法をささやきつつ、彼に十分気にいる洗練された話し方をしているつもりだった。

フランソワ・ド・セリユーズははっと目がさめた。この女《ひと》はなにをしゃべっていたのか？　自分はドルジェル夫人がアンヌといっしょに飲むはずの飲物を二人きりで飲んでしまった、と思った。つくった当人は飲まなかったのだ。

彼は自分の心をエステル・ウェインに見ぬかれた気がした。それで、ちょっと狼狽《ろうばい》の色がうかんだ。この狼狽の表情を見たアメリカ婦人は、フランソワ・ド・セリユーズが思った以上に初心《うぶ》な男だ、これをちゃんと教育してやるのもわるくないと考えた。

「こういう飲物の中にはかならず――」と彼女はその垢《あか》ぬけせぬ気どった話しっぷりをつづけた。「『まんだら華《げ》』の粉を入れるのよ。あたし、どんな男の人だって恋をさせることができるの。だって、あたしは『まんだらげ』をもっているんですもの。ぜひ一度見にいらっしゃいな。世界にたった五つしかないのよ」

彼女はこの人間の形をした植物の根を一九一三年にコンスタンチノープルのある市場で安い値段で買った。黒人の小像を買ったつもりだったという。

「あたし、あなたの胸像をつくってみたい」ちょっと黙っていた後、彼女はこういった。

「彫刻をなさるのですか？」フランソワは気はよそにとられながら、たずねた。

「それが専門というわけじゃないの。小さいとき、芸術と名のつくものは一とおりなんでも習ったのですよ」

いったい、このセリューズはなにに興味をもっている男だろう？　彼女は自分があまり気のきいたことをいいすぎたんじゃないかと思った。そこで程度を下げて（と彼女は思った）もっと彼にわかりやすい話をしようとつとめた。彼女は自分の情熱を相手につたえながら、彼の気分を晴れやかにさせ、おもしろがらせようと腕をふるった。フランソワの態度はほとんど無礼といっていいほどで、退屈しているのをほとんどかくしもしなかった。と、エステル・ウェインはレヴュー劇場の支配人室にやってきた女が契約をしてもらいたさに自分の才能《うで》のありったけを必死に見せようとするように、夢中になって、給仕頭《がしら》から鉛筆をかりて、8という字を二つならべて書くと二つの逆立ちしたハート形になるということを証明してみせた。オーケストラがやんだ。ドルジェル夫人は疲れて、頭がぼうっとして、行きあたりばったりに腰をかけた。フランソワにとっては行きあたりばったりではなかった。なぜなら、それは彼のすぐ隣だったからだ。夫人はテーブル・クロースの上に、さかさまに組合せた二つのハート形が描かれているのを見た。なんの気なしに、彼女は不思議そうな目をあげた。

アメリカ婦人は現行犯を見つけられたようなきまりわるげな様子をしていた。フランソワ・ド・セリューズは自分たち二人がいかにも共謀でなにかしたようにドルジェル夫人に見せつけるこの女の仕方が不愉快でならなかった。

「ウェインさんが得意の芸の一つを見せてくださったのです」

と、フランソワはマオの無言の問いに答えていった。

フランソワのぶっきらぼうな、人を食った態度はドルジェル夫人には不愉快ではなかった。このハート形は数字をならべてできているのだと知ると、彼女は思いつきをおもしろいと思い、そしてエステル・ウェインにフランソワが無愛想にするのをやわらげようとした。

彼女は考えた――(今のダンスであたしは頭の中が少しへんになったらしい。この若い人がテーブル・クロースの上にハート形を描いたと思うなんて、どういう気だったのだろう!)

彼女がミセス・ウェインに愛想よく話をするので、フランソワもまたマオに気にいるようにと愛想よくした。そこで、エステル・ウェインはやっとこれでこの男の心をいものにできたと思った。

フランソワ・ド・セリューズは疲労が自分の顔につよく刻まれるのを感じていた。エステルはじっと眺めて、芸術家らしく目ばたきをした。

「そうしていらっしゃると、あなたはずっと性格的に見えてよ。あたし、あなたが疲れてらっしゃるところを胸像にしたいわ」

他のことをさせた後に彫刻のためにポーズをさせる、という意味なのだろうか?

フランソワ・ド・セリューズはその文句をただ無邪気な意味にとった。ミセス・ウェインが彼を疲らせるといっても、会話以外の手をつかいうる、などという考えは一瞬もうかばなかった。彼はこのアメリカ婦人が女だということ、美人だということを忘れていた。

マオは鏡をとり出して顔を見た。おしゃれのためでなく、懐中時計を見るように、もう帰る時間かどうかを見るためだ。おそらく、彼女は自分の顔の上に時刻の遅いことを読みとったのであろう。つと立ちあがった。エステルはドルジェル夫人にいった。

「あなたの車はきゅうくつでしょ。オルタンスとあたしのほうへも一人乗れますよ」

彼女はなに気ない調子でいったが、フランソワに投げた視線は、彼女とオーステルリッツ公爵《こうしやく》夫人の車に乗るのがポールかフランソワかということにけっして無関心でないことをはっきり示していた。

ポールは頭の中ですばやく計算した。友人をドルジェル夫妻といっしょに乗らせるべきか、それともフランソワがドルジェル夫妻によりもっと関心をしめしていたらしいミセス・ウェインといっしょに乗らせるがいいか?

ポールは、誰かがさかんに勝っているのを見て、少し遅ればせに自分もその真似《まね》をしたい気になり、その男が負けだすころにいっしょに賭《か》けるという運のわるい賭博者《とばくしゃ》の一人だった。だんだん負けがこんでくる、なにがなんだかわからなくなってしまうのだ。

彼は曲馬場《メドラノ》でフランソワにかつがれたことをうらんでいた。復讐《ふくしゅう》してやろうと思った。オルタンスの車にさっと自分が乗りこんで、彼の計画を邪魔してやろうと思った。事実は救ってやったのだ。

自動車の中で、アンヌ・ドルジェルは相乗り客にいった。

「結局、あなたはエステル・ウェインさんとなにをあんなに話しこんでいたんですか？」

この質問は、アンヌをよく知っている者には、彼がすでにフランソワに相当関心をもちだしたということが理解できるのだ。ドルジェル伯はじつに気持のいい人柄だが、またもっとも専横で、もっとも排他的な人物だ。彼は他の人間と交際するというより、それを《採用》する。その代償として、非常に多くのことを相手に要求した。多少相手を監督する気持だ。なにかにつけ管理するのだ。

フランソワはこの質問に驚いた。しかし、アンヌ・ドルジェルがその妻のまえで彼に自己弁明をする機会をあたえてくれたことは不愉快ではなかった。エステル・ウェインに無愛想な口のきき方をしたことで、彼女にもいやな気持をさせはしなかったかと心配だったおりだから、つぎのようにいって弁解した。

「だってなんでもないのです。ダンスしないのは僕一人でしょう。話相手をしてもらったのはたいへん感謝しています」

「まったく――」とアンヌは妻に、自分たち二人を非難するような調子でいった。「気の毒だったな！　私たちでロバンソンへさそったりしてさ。この人は踊らないのに！」

フランソワは返事をしなかった。彼は踊らなかった。しかし、彼は媚薬を飲んだ。

アンヌ・ドルジェルは自分の粗忽《そこつ》をなんとかつぐなう方法をと思案した。すぐこの場で家に招待すること、それしかいい方法はないと思った。

「一度近日中にうちへ昼飯に来ませんか？」まるでフランソワと永年のなじみといった調子だった。「あさってはどう？」

明後日はフランソワ・ド・セリューズにさしつかえがあった。

「じゃァ、明日だ！」

ドルジェル夫人は口をひらかなかった。アンヌのこんな性急さは彼女の性格には合わなかったが、これも彼女には当然のことに感じられた。あんな軽率なやり方をした以上、これくらいのことをセリューズにするのが当然だ。

フランソワは母に、昼飯にはシャンピニーへ帰るといっておいた。が、ドルジェル伯がまるで親友かなんかのように家へ招待してくれる信頼のしるしにこちらも応じないわけにゆかぬと思った。彼はすぐ承諾した。彼はドルジェル家の日課をまだ知らない。夫婦の社交生活のはじまるのは午後からだった。昼食はいつも自宅で、夫妻二人きりでした。だから昼食によばれる客といえば、義理で招くのではなく、ただ楽しみに招くそういう人びとにかぎっていた。が、こういう客はこの邸《やしき》へはほかの時刻にはめったに来ない人たちでもあった。つまり、昼食に招かれるということは、友情のしるしであると同時に、少々軽蔑《けいべつ》のしるしでもあった。しかし、フランソワはこの社交的メカニスムの複雑な歯車仕掛を知らなかった。で、夫妻の招待は自分なぞ資格のなさそうな夜の招待をうけたより、彼にはうれしかった。彼ははっきりと喜びを見せてそれを受諾した。このうれしげな様子がドルジェル伯には気にいった。彼はすぐ熱中しやすい性格だ。寛宏《かんこう》な性格はけちくさく値ぎったり、隠しだてしたりしない。ドルジェル伯は自分の率直な性格を他人のうちに見いだすのが好きだ。これが彼としては高貴さをしめす最上のしるしだった。彼はどんなつまらない招待をうけ、どんなささやかな贈物をもらっても、喜びを外にあらわさずにうけることはけっしてなかった。高貴な天性の特質は、自分にはすべてが当然だと思ったりせぬこと、少なくともそう思っていることは、かくすことにあるのだ。おめでたく見えることとや、うれしがりに見えることを恐れて、物事があたえる喜びをいちいちかくそうと努力するのはロバンのような人間である。そこで、フランソワのそのような自然な衝動は、どんな打算よりも伯爵の心をかちえたのだった。かれらは五時に、アンジュー河岸《がし》でわかれた。

「昨夜あなたはずいぶん遅くお帰りだったのね」

フランソワが九時に、みんながいっしょに朝食している食堂へはいって行くと、フォルバック夫人はそういった。「あたし、音を聞いたのよ。どうしても朝の一時ごろだったでしょ」

フォルバック夫人は熟睡できないと口癖のようにいう老人特有の罪のない気どりをするひとだ。夫人とその息子のアドルフは、三十年来、サン・ルイ島（訳注　パリのセーヌ河中の小島。ノートルダム寺院が付近にある）のこの古い家屋の一階に住んでいた。フォルバック夫人は七十五歳で、盲だった。息子のアドルフは見たところいつも老人みたいだ。彼は脳水腫《のうすいしゅ》病患者である。

フランソワ・ド・セリューズはこの家の内へ若さをもちこんでいるかたちだった。彼はこの家の悲劇的なものに一度も気づいたことがないが、それほどこの母子《おやこ》二人の者自身それを感じていないのだ。（あなたわるい顔色していてよ）とこの盲の婦人がいうのを彼はべつに驚きもせずに聞くのだ。一生いつも九時に寝てきたこの婦人にはフランソワのしている生活は信じられないものに思われた。

　フランソワが多少自由をゆるされていい年齢になると、母のセリューズ夫人はさっそく彼をフォルバック家に下宿させるという工夫を思いついた。息子の部屋代と食事費として月々なにがしを支払った。フォルバック夫人は、さいしょは、多すぎるといって苦情をいった。セリューズ夫人はよくがんばりとおした。こういうふうにしてセリューズ家の昔なじみの人たちを少しでも助ける口実ができ、そのうえに息子の監督もできるというのは彼女にはうれしかった。息子のほうでも、この工夫を少しもいやがっていない。それどころか、このおかげで生活が落着くのだった。

　フォルバック夫人は一八五〇年にプロシアの田舎紳士フォン・フォルバックと結婚した。この人はアルコール中毒患者で、句読点蒐集家《くとうてんしゅうしゅうか》だった。この蒐集というのは、ダンテのある版本の中にある句読点《ウィルギュール》の数をしらべることだ。総計は一度も同じにならなかった。彼はたゆまずやりなおした。彼はまた郵便切手蒐集家の最初の一人で、当時こんなことは狂人《きちがい》じみたことと思われていた。

　十五年たってから、気の毒な婦人をこの結婚から慰めるために、不具《かたわ》の子が生れた。彼女はわが子の不具を信じなかったばかりでなく、この脳水腫の息子のことを「この子の額はヴィクトル・ユゴーにそっくりで」といっていた。

妊娠中、フォルバック夫人はロバンソンの友人のところへ寄寓《きぐう》していた。出産の時刻が近づいて産婆《さんば》をよびにやった。が、すぐ来ることができなかった。みんなは村の医者をよんだ。フォルバック夫人は、男手をかりるくらいなら、獣のようにお産をするほうがいいといった。「だって医者は男じゃありません」と人びとはいった。夫人はますます叫び声をあげた。ついに彼女は降参しなければならなかった。数年後にフォルバック夫人はロバンソンの医者が死んだことを聞き、この死のおかげで気持が安らかになった、と告白した。こういう考えを告白するのは聖女でなければできまい。

しばしば、彼女に向うとフランソワは自分の快楽を後悔するような気持になったものだ。が、この朝彼は昨夜の出会いがあまりうれしく、たとえそれとはなしでもいいその話をしたい気持が非常につよくて、ついロバンソンへ行ったことをしゃべった。同時に彼はもしたずねられたらあの村の様子をどう説明していいかにおれは困るぞと思った。しかしロバンソンはフォルバック夫人に数かぎりない追憶をよびさました。質問するどころか、彼女のほうからいろいろとしゃべった。

フランソワ・ド・セリユーズはこういう追憶をよく知っている。フォルバック家では話題はもうきわめて限られていた。いつも同じなのだ。が、そういう話はフランソワには町で聞くゴシップから頭を休めてくれるのだ。あまりなん度も聞かされたこの思い出は、今ではほとんど彼の思い出のようになっていた。アドルフ・フォルバックなど、自分の生れる前に行われたそういう郊外遊びに自分もくわわっていたと確信しているほどだ。

しまいには、母と息子の前にいるのでなく、老夫婦の前にいるような気がした。

この夫婦はじつにうまくその不具な生活をやりくりしていた。その幸福をいかにうまく処理しているかは、フランソワを驚かしていた。なに一つ必要としないこの二人の人間から彼は深い教訓を汲《く》みとった。かりに目が見えたとして、それがフォルバック夫人になんの役にたつだろう？　彼女は思い出で生きていた。彼女が大切に思っているものはすべてそらで知っていた。ときどき、フランソワは彼女のそばに腰かけて、セリユーズ氏の写真のたくさんはいったアルバムをはぐることがある。彼の母はそういうものを彼にかくしていた。というのは、彼の父は海軍士官で、海で死んだからだ。セリユーズ夫人は息子にそういう呪《のろ》われた職業に趣味をもたす心配のありそうなものはいっさい遠ざけていた。フォルバック夫人は父の形見を息子に見せまいとするセリユーズ夫人のやり方をあまりいいと思っていない。つまり、彼女は母親の不安というものを知らなかったのだ。世間の母たちがおそれているような事柄でさえ、彼女にはとうてい望みえない幸福であったろう。わが子のアドルフは一人ではこの人生に一歩だってふみだせないのだから。

フランソワは、アルバムのページをはぐりながら、そういう写真が目に見えないながら一つ一つ心に刻みつけているフォルバック夫人が、透視術の女のように、「それはあなたのお父さんの四つのとき、これは十八のとき。それは船の上でとった最後の写真、うちへ送ってくださったの」などというのを聞くと、感動した。

（おれは父とはうまく気が合ったろうな）と彼は嘆息した。この嘆息は母にあてつけてするのでなかった。気が合う、合わないというには、共通の関心がなければならない。ところで、セリユーズ夫人の生活はあらゆる意味で《内面》のものであり、息子の生活は外的でその花弁を開いていた。セリユーズ夫人の冷やかさは深いつつましやかさにほかならない。あるいはまた、自分の感情をむきだしにすることの不可能ともいえる。世間では彼女を無感動なひとと信じ、息子までが母をよそよそしいと思っていた。セリユーズ夫人は息子がかわいくてたまらない。が、二十歳で寡婦《かふ》となり、フランソワに女性的な教育をあたえることをおそれて、自分の心の自然なはたらきをおさえてしまった。一家の主婦は屑《くず》にして捨てられるパンを黙って見すごせない。セリユーズ夫人にとっては、愛撫《あいぶ》は心のむだな濫費《らんぴ》のごとく思われ、大きな感情を弱めてしまうもののような気がしていた。

フランソワは、母というものが別なものでありうるなぞと想像できないうちは、この偽りの冷やかさのために少しも苦しむことはなかった。が、多くの友達ができると、社交の世界で偽りの熱情を見せられることになった。こういう誇張された熱情をフランソワは自分の母の態度と比較して、そして悲しい気持になった。こうして、この母とこの息子はたがいの心を少しも知らずに、べつべつに嘆いていた。顔をつきあわせると、二人とも冷やかになった。いつも夫がいたらこうしたろうという態度を考えているセリューズ夫人はけっして涙を見せまいとした。（二十歳になった男の子が母から遠ざかるのは当然じゃないだろうか？　勇気をもたなくっちゃ）と彼女は思った。そして、フランソワの子としての悩みは、やはりセリューズ夫人がこさえているこの法則にならって、よそに慰藉《いしゃ》をもとめていた。

一つのことがフランソワ・ド・セリューズの心をみだすのだった。それはフォルバック夫人が彼の父のことを話す、その話しぶりだ。夫人は彼の父をごく幼少のときから知っていたので、大きな子供あつかいにしているフランソワに、その父の子供のときを語るのである。同様に、フォルバック家の親しい人びと、パリエール氏とかヴィグルース艦長などが（わたしはお父さんをよく存じあげていましたよ）といい、彼の父のことをあたかも彼自身のこと、つまり大いに将来有望なひとといったふうに話すのであった。

フランソワ・ド・セリューズはこの老人連中のあいだではかなり大きな信用があった。彼はこの人たちと青春を仲直りさせていたのだ。彼は老人たちのいうことをよく傾聴した。このお愛想のよさのために、将来有望だといってくれた。フォルバック夫人の知人たちは（これは今日の青年にありがちな気ちがい、狂った頭じゃない）と評判していた。そのうえ、みんなは彼の謙遜《けんそん》なのに驚いていた。研究のことなどをたずねられると、彼はそれに答えず、話をすぐ追憶談にもどしてしまうからだ。フォルバック家に来る人びとは誰も、こんな聴き上手の青年が怠け者だといっても承知しなかったであろう。

こういう人びとの訪問をのぞくと、フォルバック母子《おやこ》の生活は《支那《しな》児童救済》にささげられていた。少なくとも一九一四年まではそうだった。少年時代のフランソワはこの神秘的な事業に目を見はっていたものだ。彼はただ、支那児童の身代金《みのしろきん》が郵便切手で支払われるということだけを知っていた。フランソワの一族では、叔母のところでも、従姉妹《いとこ》のところでも、アドルフのためにできるだけ多くの郵便切手を集めてやるのが伝統であった。アドルフは父が句読点でやったように、もらう切手の数を正確に計算した。それが十分の数になると、すぐそれを事業本部へ送るのだった。

もちろん、アドルフはフォン・フォルバックの蒐集も惜しまずに出した。そこで、この平等主義の慈善事業において、ただみたいな《フランス共和国》（訳注 フランス本国の郵便切手）のあいだに、たった一枚で支那児童全部を救済できるほど値打ちのあるモーリス島の郵便切手がまじったりしていた。

一九一四年の戦争はアドルフ・フォルバックの仕事を一変させた。もう郵便切手ではなく、みんなは新聞をフォルバック家へもちこんだ。アドルフと母は、誤報だらけの新聞紙を裁断して、防寒用の胴着をつくった。フォルバック夫人は手袋、ジャケツ、靴下、深頭巾《ふかずきん》、そんなものまで自分で編んだ。

フォルバック母子は年に一度、シャンピニー戦の記念日に、セリューズ夫人の家へ昼飯に来た。その朝フランソワは貸し自動車で二人を迎えに行った。どんなことがあっても、親子はこの儀式を欠かすことはなかった。

フォルバック夫人と愛国者会会員のアドルフは、現にフォルバック自身が戦死したその場所で演説に拍手をおくるのだった。もっともフォルバックは敵側にいたので、それは七〇年の戦争がはじまったとき、フォルバックはささやかな遺産を相続するためにプロシアへ行っていたからである。だからアドルフがシャンピニーの記念碑の上に投げた花は、フォルバックの息子の花であると同時に、一愛国者会会員のそれであったわけだ。

席につくかつかぬかに、ドルジェル伯は、彼が会話と称しているあの独白《ひとりごと》の一つをやりはじめた。お客をちゃんと《位置づけよう》として、この独白に多くの固有名詞をもちこみ、フランソワにそういう人びとを知っているかどうかを示す機会をあたえた。この婉曲《えんきよく》な訊問《じんもん》の結果はドルジェル伯を満足させた。さすがはおれだと得意であった。セリューズにはじめから愛想《あいそ》よくしたのは鑑識《めがね》ちがいではなかった。

フランソワは、通常、おしゃべりの人間が好きなほうである。しゃべる内容が好きなのでなく、こちらが黙っていられるからだ。きょうは、彼は自分が一言も口だしできぬことと、それに愛想よくとはいえるがこちらの言葉をすぐ横から断ち切ってしまうアンヌのやり方にいらいらした。彼がなにか一言いうと、アンヌは大げさに感嘆し、頭をのけぞらして人間の声らしくない甲高《かんだか》い調子でけらけら笑うのだった。（おれはそんなにおもしろい話のできる人間だとはいままで気がつかなかった）とフランソワは思った。たいしておもしろくもないセリューズの言葉を、笑ったり喝采《かつさい》したりするだけでは満足せず、アンヌはすばらしいとか驚くべきだとかみごとだとほめ、その文句をいちいち妻にくりかえしていうのだった。この最後のおかしな癖がセリューズには少なからず迷惑であった。というのは、アンヌ・ドルジェルはフランソワの言葉をまるで外国語を翻訳するときのように一語一語くりかえすからだ。そして、夫婦愛にひたっているドルジェル夫人は、アンヌがしゃべっているときしか話を聞いていないように見えた。アンヌがこんなにするのは、会話の本筋を自分であやつっていたいためなのだ。飲んでいるときでも、食っているときでも、他人に話をとられぬように、他人を黙らしておくために、彼はあいている片手をふり動かした。この身ぶりは一つの癖になっていた。そこで、この日のように相手はけっしてしゃべらぬ妻とごく口数の少ないフランソワだけでちっともおそれる必要のない場合にすらこの癖が出た。

フランソワ・ド・セリューズは、昨夜にもまして、ドルジェル伯が伯を好かない連中が噂《うわさ》する肖像にぴったり一致する人物だと思った。この驚きのうちに、彼は昨夜一晩の出来事を人間なみのこと、いわば社交人なみのことに小さく考えなおすことにした。彼はその超自然的なものを否定した。こういう親密さの中に、ただポール・ロバンをからかういたずらだけを見ようとつとめた。そこで、彼らが客間にうつったとき、フランソワはできるだけ早くこの家を辞去する礼儀正しい方法を考えていた。

客間では煖炉《だんろ》に薪《まき》がもえていた。この煖炉を見るとセリューズには田舎の思い出がよみがえった。燃えあがる炎は彼が閉ざされそうに感じていた氷を解かしてくれるのだった。

彼はしゃべった。率直にしゃべった。この率直さはさいしょは拒否のように感じられてドルジェル伯は少し気をわるくした。伯爵《はくしゃく》は誰かが（私は火が好きです）などということができるとは想像したことがなかった。これに反して、ドルジェル夫人の顔は生きいきとしてきた。彼女は煖炉の前の火除《ひよ》けより高くなっている革の腰掛にかけていた。フランソワの言葉は、野生の花を贈られたように、彼女をさわやかにした。彼女は鼻孔をひろげて深く呼吸した。彼女はかたく閉ざしていた唇《くちびる》をひらいた。二人は田舎の話をした。

フランソワは、気持のいい火にもっと温まろうと自分の椅子《いす》をそばに近よせ、コーヒー茶碗《ちゃわん》をドルジェル夫人のかけている腰掛の上へおいていた。アンヌは、床《ゆか》にしゃがんで、オペラの舞台を正面から見るようにこの高い煖炉にむかいつつ、いつもおれはこうだといわんばかりに、おとなしく口をつぐんでいた。

なに事がおこっているのか？　生れてはじめて、アンヌ・ドルジェルは傍観者になっていたのだ。彼は二人の対話を味わっていた。その言っている事柄より、むしろその音楽を。なぜなら、田舎は伯爵にとっては無意味な文字にひとしかったから。

彼が田舎に魅力を感じるには、豪奢《ごうしゃ》な保護や手入れがくわえられる必要があった。ヴェルサイユとこれに類する二、三の場所をのぞいては自然というものは《上流人が足などふみ入れぬ》原始林だと思っていた祖先の人びとに、彼はよく似ていた。

そんなことは別として、アンヌ・ドルジェルは、はじめて、彼の妻が自分から射《さ》す陽光《ひかり》のそとへ、自分の関心からはずれたところにいるのを見た。他人の妻でもあるように、彼女にふだんより多くの魅力を見いだした。

「残念ね、アンヌ、あなたがあたしと同じ趣味をもっていらっしゃらないのは——」

この対話で活気づいたドルジェル夫人はそういった。

いいおわると、彼女はすぐ平静にもどった。自分のいった言葉が軽率だったような、無意味な言いそこないのような気がした。ところで、このいままで彼女がいったこともなく、おそらく考えたこともないこの言葉は重要だった。アンヌとマオのあいだの差異は深かった。幾世紀ものあいだグリモワール家とドルジェル家を昼と夜とのように対立させていた差異が、ここにあるのだ。あの封建貴族と宮廷貴族の対立なのだ。いままではいつもドルジェル家のほうに運がよかった。そこで、元来は小貴族の家柄だったにかかわらず、ヴィルアルドゥアンの古記録にモンモランシーの名とならんで出ているすでに古く血統の絶えていたドルジェル家と同名であることをうまく利用するようになったのだ。かれらは宮廷人の完全な典型をあらわし、その家名は第一流のものとなっていた。

それだから、ドルジェル伯がいまさらうたがいようもない家柄をことさら引立たせるためによくいうばかばかしい嘘《うそ》は、ずいぶん人を面くらわせるかもしれない。しかし、彼にとって嘘は嘘でなかった。想像力を刺激する手段なのだ。嘘をいうのは自分ほど聡明《そうめい》でなく、細かいことはわからぬと判断している相手に、わかりやすく話し、ある種の微妙な事柄を拡大して見せてやることだ。ポールのような人間はこういう罪のない欺瞞《ぎまん》に目をまるくして感心する。ドルジェル伯は甘いお芝居じみた手法すら用いることも平気だ。伯爵邸の地下室は、まるでそこの暗黒の中では嘘がはっきりわからぬとでもいうのか、特にそういう安芝居に格好の舞台背景だと思われた。……ある日は、ドイツ軍の投じた爆弾のためこの地下室で彼の父が死んだ。またある日のこと、大革命の初期にルイ十七世がしばしここにかくれていたこともある。

マオとフランソワは黙っていた。アンヌは新しい玩具《おもちゃ》を手ばなしたがらぬ子供みたいにやはり沈黙をつづけていた。沈黙は危険な要素だ。ドルジェル夫人は夫がその沈黙をやぶる気になるのを待っていた。彼女のほうでそれをする権利はないと思って。

電話が鳴った。

アンヌは立って、受話器をはずした。ポール・ロバンからだった。

「あなたと話したいといっていますよ」アンヌはしばらく応答してから、フランソワの袖《そで》をひっぱっていった。

「おや、君かい!」ポールは、セリューズの声を聞くやいなや、どもりながらいった。(また、ドルジェル夫妻といっしょにいるんだな。いったいこの芝居はどういう意味だ? ぜひこれははっきりさせなくっちゃ)と彼は思った。

彼は自分が暇なしの人間で、どの時間もどの半時間もお約束ずみということになっていることを忘れ、そういう複雑な組合せを自分からぶっこわして、フランソワに少しあわてた声でいった。

「君、僕といっしょに食事できないかい? ぜひ話したいことがある。会いたいんだよ」

フランソワ・ド・セリューズはシャンピニーへかえることしか用はなかった。ここでまた彼は母への義理をくりのべにした。

「切らないでくれたまえ。《ドルジェルさん》にまだ話があるんだから」

ミュスカダン（訳注　一七九三年ごろの王党派の気取り屋紳士）は姿をわるくしまいとしてRを発音しなかった。笑われることをおそれるのがほとんど滑稽《こっけい》なばかりになっている現代もこれと似た悪癖におちいっている。ポール・ロバンはまことに現代的な、ばかばかしい羞恥心《しゅうちしん》を大切に身につけていた。それはある種の真面目《まじめ》な言葉とか敬意をしめす表現におれはだまされていないぞ、というふりをすることだ。そういう言葉をつかうときには責任を回避するために、わざと括弧に入れたように発音する。

だから、ポールは月並な文句をいうときには、かならずちょっとふくみ笑いをするか、一息間をおいてからいった。だまされたくない、これがポール・ロバンの病気だった。これは世紀病だ。この病気はしばしば他人をだますまでに悪化しうるのだ。

あらゆる器官はその活動に比例して進化したり退化したりする。自分の心情《こころ》を警戒しすぎた結果、彼はもうあまり心情《こころ》をもっていなかった。彼はこれで自分の抵抗力を増し、青銅《ブロンズ》化するつもりだったが、じつは自分を破壊していたのだ。到達すべき目標を完全にあやまっていたから、この緩慢な自殺をば、彼は自分の中でもっともいいものだと思っていた。これがよりよく生きることだと信じていた。しかし、心臓のはたらきをぴったり止める方法というのは、今までのところただ一つしか発見されていない。それは死だ。

だから、ポールはドルジェルさんといいながら、これを括弧に入れて発音した。

アンヌはまた受話器をとった。ポールの好奇心は夕食の時刻まで待つことができない。彼はドルジェル夫妻に内密に話したい緊急の用があるといった。すぐこれからうかがっていいだろうか？

他人に内密の話がある、しかも緊急になどというのは、ポールの人柄にはおよそ想像できないことだ。

「かわいそうに、ポール君は私たちの昨夜のいたずらですっかりのぼせてしまっているんだね。まるで、私たちがあの男を相手に陰謀をたくらんでいるとでもいったふうに」とアンヌは受話器をかけながらいった。

電話がいましがたの雰囲気をこわしてしまった。フランソワ・ド・セリューズは考えた――（ポールのやり方にもいいところがある。彼の頭の中の碁盤目と、友人に出会ったことがどんなに気がかりになるかといったことがわかりはじめた。しかし、あの男はああいうやり方を僕でなく他人に適用すべきなんだ）

実際、ポールのやり方は、なにか一つ秘密らしいものを嗅《か》ぎつけたと思うとくだらぬ口実をつけてやって来て、相手の迷惑をよろこぶ田舎の近所の女そっくりだ。

そこで、ドルジェル家になにか不意をおそって発見するといったものがあったかどうか？　マオはなにかそういうことを思わせるような態度をとった。

「あたし外出します」

アンヌはこのだしぬけの決心にあっけにとられた。

「だって、今自動車がないじゃないの？」

「少し歩きたいの。それに、近ごろアンナ叔母さんにすっかりご無沙汰《ぶさた》しちゃったから。きっと、おこってるだろうと思うのよ」

アンヌ・ドルジェルは驚きを表現する俳優の愚鈍な顔つきをした。この驚きは本心からのものだったが、彼はそれを誇張していた。両腕を空にあげるように、目を大きく見はった。彼の態度は《妻は気がおかしい。》いったいどうしたのか、またなぜ嘘をいうのか自分にはわからない》と明らかに意味しているので、フランソワはなにかしら気づまりな感じだった。

アンヌ・ドルジェルがなお彼女をひきとめようとしていたとき、マオはさっと戸口の方に目をやった。ちょうど飼い主がその動物を気まぐれだと思っているのに、なにか危険を嗅ぎつけた犬のように。彼女はフランソワに手をさしのべた。

町角でポールは自分に気がつかずにすれちがったドルジェル夫人の方をふりむいた。偶然に、彼はみんなから自分の行為の説明を聞きとる役目の法廷からの派遣人といった立場にいたのではないか？

彼はどうにかまにあわせの顔をつくろって、客間にはいった。アンヌやフランソワにしたところで、それがどういう顔かをいうことができなかったろう。

彼は警官のように外套《がいとう》を着たままだ。ドルジェル夫人が留守なのは彼を当惑させた。あの女《ひと》がいたら、知りたいことが明らかになったのに、たぶんそれを知られまいというので外出したのだろう、と心につぶやいた。

「ちょっとお邪魔するだけです。すぐおいとましますから」と彼はいった。

「そんなことくらいで、わざわざ来てくださるのはじつに恐縮だね」ポールがなにかでまかせの嘘をいった後で、アンヌは少しいじわるくいった。それから二人の友にむかって――

「あなたたち、どこで食事しますか？」

二人は行きつけのある料亭の名をいった。

「わたくしたちは家で食事するんだが、たぶんその後で、あなた方とごいっしょになれるでしょう」

伯爵はここでもまた、人にやたらに会いすぎるというあの危険な癖についい落ちこむのだった。

ポールとフランソワはいっしょに出ていった。が、めいめい自分の用があるので、ゆっくり落着かずに、わかれてしまった。

夜、約束の場所へフランソワが先に行った。給仕が電話があったと知らせた。ドルジェル伯から、残念だが夕食後来れない、明朝こちらへ電話してくれとセリューズさんにつたえるようにというのだ。実際はドルジェル夫人がでたらめな散歩からかえって、そして今夜は夫と二人きりですごすことをあてにして幸福そうにしているのを見ると、アンヌは自分のした約束をいいだす勇気がなくなった。で、彼女が客間にいない一瞬を利用して、ことわりの電話をかけたのだった。

一晩じゅう、アンヌはとりとめない気持でいた。マオはぼんやりしていた。このさし向いで幸福であるためには彼女は自分が幸福だと考える必要があった。二人はあまり口をきかなかった。しかし、ドルジェル夫人は自分の落ちこんでいるこの普通でない状態を気にやんだりしなかった。夫と自分が同じようなふうになっているのは自然のことと考えているからだ。ところで、アンヌがぼんやりしているのは、妻と二人っきりでいると彼はとかく憂鬱《ゆううつ》になるということからきていた。これは彼の心がわるいせいではない。とにかくアンヌ・ドルジェルは人工的な雰囲気、人がいっぱい集まっていて強烈に照らされた室内にいないと気分が落着かぬのだ。

ポールとフランソワは一分間も黙っていなかった。どちらも自分の個性の一部を捨てて、相手に似ようとつとめていた。心の隠しごっこだ。彼らは『危険な関係』をそのなかの傑作とする十八世紀の拙劣な小説の人物がつけている仮面をかぶっていた。この二人の共謀者のどちらも、しもせぬ悪事をしたようにいって自分をよごしつつ、相手をだましあった。

ポールはドルジェル夫妻のことを聞きたいが、いいだしかねていた。先方からそれをいいだすのを待っていた。向うにもうちあけ話をさせようという腹で、彼はまず自分のほうからやりはじめた。オーステルリッツ公爵《こうしやく》夫人とあのアメリカ婦人のあいだにはさまっての帰り路《みち》のことを話した。

「あの女《ひと》は、君がなにをしたか、なにをしゃべったか、はっきりとはいわなかったが、たいへん君をうらんでるぜ。あの女《ひと》にいわせると、フランスの男ってのはみんな同じで、ただ一つのことしか考えていないというんだ。まあ、僕とオルタンスとで、あの女《ひと》を一生けんめいなだめておいたけどね」

フランソワは微笑した。エステル・ウェインがその反対の理由で苦情をいったのならよくわかる、といいたいのを彼は我慢した。彼は自分が無愛想にしたことを自慢する気はなかった。あのアメリカ婦人をなだめようと熱心に精だしたのは、ポール一人でしたことだとおおよそ彼にはわかっていた。

この挿話《そうわ》で愉快になったフランソワは、好奇心をもっている男をこれ以上苦しめまいという気になって、ドルジェル夫妻と道化役者のところで知合いになったいきさつを話した。ポールはほっと息をついた。それならたいしたことじゃなかった。エステル・ウェインが自分にやさしくしてくれたことで、損は十分つぐないがつく。なにはともあれ、友人がその日さっそく招待を《ものにした》腕前はたいしたものだと舌をまいた。

シャンピニー行きの終列車に乗るフランソワを、ポールはバスチーユまでおくってきた。この列車は《劇場列車》という名がついていた。発車まぎわにどっといっぱいになり、一風変った客が乗る。大部分はラヴァレンヌに住んでいる男女の俳優たちで、劇場と停車場との距離に応じて、顔の化粧の落ち方がちがっていた。この列車を見てパリの劇場の繁栄ぶりを判断してはいけない。お客より俳優のほうがたくさんここには乗っているのだから。

フランソワ・ド・セリユーズは発車時刻より早く来た。彼が乗った車室には観劇がえりの堅気風の一家族がいた。ナフタリンの匂《にお》いがした。みんなの切符をあずけられた少年は大得意で、父がいつもするのをまねて、それを袖口《そでぐち》の折返しからのぞかせていた。親父《おやじ》さんは旧型のオペラ・ハットを片手でもち、も一方の手でそれを動物でもかわいがるように撫《な》でまわしていた。彼はこの帽子でいろんな芸当をして、子供たちを眠らせないようにするのだった。そういういたずらに道化役者の声色《こわいろ》で口上をそえつつ、みんなを涙が出るほど笑わせた。それから、右手で帽子をたたいて、黒いパン菓子をとり出した。

「トト、おまえ、切符は大丈夫かい？　なくするんだったら、わざわざ一等なんか買わないぞ！」ときどき、彼は心配してきいた。

細君と大きい娘はこの親父さんをフランソワのいる手前恥ずかしがって、見てきた芝居のプログラムで顔をかくしていた。そして、子供たちがはしゃいで飛び上がったりすると、肩掛《ショール》でつつんだ頭を横にふった。彼女らは微笑しているが、いかにも不自然な微笑だ。フランソワは母親と娘の女同士のこの共謀で、気づまりだった。親父は上機嫌で、今日こそ彼にとっては祝祭日だのに、この同じ日の例外が二人の女をかえって苦しめているのだ。彼女たちはこんなふうにして毎日くらすことだってできるのだ、と思う。少なくとも、フランソワのような未知の他人には、自分たちも平生からこういう衣裳《いしよう》や芝居や一等車に慣れている、と思わせたい。だのに、とんまな親父さんの態度が本当のことをすっぱぬいてしまっているのだ。

低い階級のある女たちが、すべてを負うている亭主や親父に対して感じるこの羞恥《しゆうち》心《しん》ほどフランソワにとって不快なものはなかった。

母と娘はすっかりおこってしまい、今ではもう苦笑いではおさまらず、反抗してきた。親父が芝居のおもしろかったこと、役者の上手《じようず》だったこと、料理店の食事のうまかったこと、客車のクッションのやわらかいこと、みんなひっくるめて感激しているのに、母と娘はそういう興奮のしかたに不機嫌な顔つきだった——「客車はきたない、役者の一人はたいへんまずかった……」通《つう》な人間は文句をならべるものだ、と彼女たちは思っていた。残念ながら、下層から上層にいたるまで、同じ考え方である。

この女たちがこういう態度をとるのは、フランソワが上流人だと直感していることにもとづくのだ。彼がそんな愚劣なまねより、彼女たちの気持をしらけさせている男の単純さのほうが好きだということは、とうてい察しることができないのだ。当の男にはこの場景の意味が少しもわからない。彼は、まだ不平等の感情にゆがめられていない子供たちを相手に気をまぎらしていた。そこで、子供たちは王者のように幸福だった。父が得意というよりおもしろがっているシルク・ハットを撫でながら、一働きすればまた近々《ちかぢか》にこんな愉快な遊びに出かけられると幸福感にひたっている一方、母と娘にはいま着ている衣裳がかえって気苦労だった。一人は明日つけるエプロンを、一人は女売り子の仕事着《ブルーズ》を思って。

この一家はノジャン・スュル・セーヌで下車した。この場景がフランソワを傷つけた。その夜の彼の心の状態ではこれははっきりしていた。

セリューズ夫人は、いままでのところ、わが子の生活の中で母親というものが強いられてやっている役割しか演じていなかった。フランソワはけっして悪い息子ではなかった。が、その性格はこの二人の人間に、重要なことはたがいになに一つうちあけないようにさせていた。客車のなかでの場景は、もっとも単純な心にでもよく起る屈折によって、フランソワにセリューズ夫人のことを考えさせたのだ。母親と娘のあの羞恥心は、彼が自分の家族から引出している感情を反省させた。

フランソワ・ド・セリューズは誇りをもっていた。自分の家名を誇っていた。それは、自分の祖先に対する尊崇の念からであったか、それとも自尊心からであったか？彼はそれを知りたかった。セリューズ家は貴族としてあまり名門ではなかった。セリユーズ夫人は立派な家柄の上流婦人だったが、単純な生活をしているうちに、自分を町方《まちかた》の女と思うようになっていた。これと反対の場合のほうがもっと多いようだ。彼女も家門の誇りの中に育てられてきたにはちがいない。が、彼女はこの誇りはある家の子ならば当然負うべき義務だと考え、したがってどんな貧しい家の者にもあるべきものだとしていた。しかし、こういう考え方がすでに、貴族らしい考えではなかったろうか？

若くて結婚し、夫セリューズ氏の船乗りの職業は、夫の死ぬ前からすでに、彼女を未亡人生活に慣れさせていた。天性の非社会性と夫への尊敬、その両方によって、すでにそのころから彼女は自分をその子のようにむかえてくれたであろう貴族の家々にはごく冷淡にしていた。やがて夫を失った悲しみは彼女をこの無精の中に深くしずめてしまった。彼女が交際したのはただセリューズ氏の親戚《しんせき》だけにかぎられた。老嬢や老女の多いこの一族は万事にとかく狭量だった。こんな人たちとばかりつきあった結果、セリューズ夫人はいつしか昔のブルジョワジーが貴族に対していだいていた偏見をもつようになった。彼女が非難する相手は元来自分の同族だということを忘れていた。しかし結局においては、彼女はやはりいつも自分の生れをはっきり証明するようなやり方で行動しているのは同じだった。こうした生活態度は彼女の夫の一族を驚かした。みんなは、彼女を変った性格のひと、世間知らずのひとと見るのだった。

そこで、フランソワの教育のことでも、彼女は少しわるくいわれた。二十歳になった青年をぶらぶら遊ばせておき、ちゃんとした職業をもたせることも考えないのが、みんなには腑《ふ》におちかねた。もっとも、それはセリューズ氏の女兄弟《きようだい》や従姉妹《いとこ》たちがそう思っているように、《自尊心》からでもなく、また家の財産が莫大《ばくだい》ではないにしろ息子を遊ばせておけるから、というわけでもなかった。ただ、セリューズ夫人は怠惰ということに、貧しい人びとのもつ偏見をもっていないからだった。なに事もいそいじゃいけない、と彼女は思うのだ。自分は社交界をきらっているくせに、若い者には少しくらい浮気っぽい生活が必要だということをみとめてさえいた。

フランソワは母の高貴な特質をおそらくはっきりと知らないでいたのだ。で、自分の生活でおのれの個人的な才能ばかりを誇張して考える傾向があった。誰でも自由に行けるというのでない家へ客にしてもらえるのは、この血筋の特徴のおかげだということに気がつかない。（そういうものは他人にもよく理解できなかったが）たとえば、ドルジェル伯がしめしてくれるあの気まぐれな好意にも、日々の習慣の中になにか新奇なものを見いだすあの快楽が多分にあったはずだ。

フランソワ・ド・セリューズは、汽車の中の場景から気持が動揺して、わが心に問うてみるのだった。(自分は、どういうときにも、あの客車内で見た女たちに似ているところはないだろうか？) この潔癖な心は、自分は母を十分尊重していないと自認しようとつとめた。まるで母を恥じてでもいるように自分の生活からいつも切りはなしていることを心にとがめた。たしかに、それは恥ずかしさからであった。が、それは逆な恥ずかしさなのだ。彼がいままで母にふさわしいような人間に一度も出会ったことがない、ただその理由からなのだ。

ついに、客車内の場景から急速度にはじまったこの自己反省は、母をドルジェル夫人に会わせたいというあの自白にけっきょく到達した。

羞恥心と尊敬とから自分の愛人を母にかくす青年が、いよいよ婚約を思いたった日に、母にそれをうちあけるのも、こういうふうなのだ。

目がさめたとき、フランソワがさいしょに思ったのは母のことだ。こんなにいそいで母に会いたい気持にかられるのは、彼にはいまだかつてないことだ。

セリューズ夫人は外出していて、昼食に帰ってくることになっていた。そのあいだフランソワは気をまぎらそうとした。本を読み、手紙を書き、煙草《たばこ》をすった。が、そういう行為を彼はただ体裁をつくるためにしていたにすぎない。彼は待っていた。まったく、そのほかのことはしていないのだ……不意に彼はぎくりとした。誰がささやいたのだろう――（お前はまだドルジェル夫人のことは考えなかったのだね）（母を待つようなふりばかりしているじゃないか？）こんなばかげた無意味な二つの問いは、彼によれば、外部からきたとしか思えない。（だって、なぜそんなことをおれが考えるのか？　なぜこの待つ気持が偽りだというのだ？）と彼は苦々しげに自答した。ドルジェル夫妻に電話するのは明日にしよう、とまで思った。

彼はこのように自分の意志どおり自由に行動できることを不思議がった。おれは自由だとわざわざ自己証明する必要のあることが異常なのだ、とは気がつかずに。

あまり待ったので、フランソワは待っていることを忘れた。誰を待っているかということはなおさら忘れてしまった。で、セリューズ夫人は、昼食の用意ができたから階下に来るようにと自分で知らせにきた。

フランソワは母に新しい目を投げた。この女《ひと》の若さにいままで一度も注意したことがなかった。セリューズ夫人は三十七だ。その顔はもっと若く見えた。が、彼女の若さに人が気づかぬように、その美しさも人目にはつかない。おそらく、彼女には現代的なところが欠けていたからだろうか？

彼女はフランス美人の多い時代だった十六世紀の女性に似ていた。あのころの肖像は今日われわれを悲しくさせる。われわれは女の美しさについてはたいへん異なった理想をもっているから、ヌムール公が恋に心をすりへらした美女を宝石商の店先で見てもわれわれはたぶんふり向きもせぬだろう。*

今日われわれはもろく弱々しいものでなければ女性的だとしない。セリューズ夫人の顔の強々《こわごわ》しい輪郭は彼女に愛嬌《あいきよう》がないと人に思わせた。こういう美しさには男は冷淡だった。この美しさのわかる男はただ一人あったが、彼はすでに死んだ。セリューズ夫人はまたいつか彼に出会うべきであるかのように、自分を大切に守っていた。もっとも貞淑な女でさえそれを避けようとはせぬあの欲望の視線《まなざし》さえ遠ざけて、純潔にしているのだった。

セリューズ夫人はわが子の目つきに気がつかなかった。しかし、彼女は少し気づまりな思いをした。ふだん慣れない他人の親切をきゅうくつがる人のようにしていた。なにか相手の様子が一変すると、いったいこれはなんの意味かといぶかしがる。フランソワはほとんど情《じょう》に駆られるような気持になった。この愛情《やさしさ》は母親に、なにか許しをもとめるつもりかしらと思わせた。（この子はなにをしたんだろう？）と彼女はすぐ心に問うた。ふだんフランソワは昼食がすむとゆっくり客間にいたことがない。きょうは落着いている。理由はふかく考えずにであるが、彼は目の前の新しい母の像《すがた》をいつまでも見あきぬ気がしていた。

とうとう、少してれてきたセリューズ夫人は立ち上がった。

「あんた、あたしになにか特別にいうことはなくって？」

「いいえ、お母さん、べつになにも――」と虚をつかれたフランソワはこたえた。

「そう、じゃあたし少し用があるから」

彼女は出ていってしまった。

フランソワはまっすぐに天国へ行けぬ魂のように家の内をさまよった。きょう一日はシャンピニーにいて、母のそばにいようと決心していたのだ。母は逃げてしまった。家の内を、庭を、歩きまわった後、彼は自分の部屋にもどった。本を一冊えらび、それをひらかず、横に寝た。

彼は気持が安らかになれない病人のように寝がえりをうった。どんな薬がいるのだろう？　熱にうかされているような今、ただ涼しいさわやかな手のみが気持をらくにしてくれそうに思われた。そういう手の中の特にこれという一つを望んでいるのだ、とはっきりは思いつかなかった。

自分は漠然とした中に恋をしているような気がしていた。事実は、あまりにはっきりしたショックをうけたために、そういう漠としたものを感じているのだった。彼はこの衝撃に本当の名をあたえることをおそれていた。自分自身に対してこんなに細《こま》かな気持をもち、こんなに羞恥心をもつことは、彼としてははじめての経験だ。いつもならば、ある欲望をもっていることをみずから認めるのに、こんなにまわりくどい遠慮はしなかった。いままで一度も自分の感覚的欲望を抑制したことがなく、まして自分の考えをおさえたことのない彼が、きょうは、ある種の考えをみずから禁じようとしているのだ。他人の目がよしあしを判断するわれわれの行儀作法より、自分一人がそれを管理している心と魂の礼儀のほうが重要だということが、彼にはようやくわかるような気がした。なぜ、われわれは自分自身に対して上品にしないのか？　彼はいままでは他人により自分に対して敬意を欠き、無作法であり、誰にもうちあけえないようなある種の感情を自分には平気で白状していたことを、恥ずかしく思った。しかし、彼はこの新しい潔癖において度をすごしていたのだ……偽善といっていいほどに。すでにドルジェル夫人を愛しているフランソワは、彼女にきらわれることをおそれていた。彼がマオのことを考えなかったのは、彼女にきらわれないためなのだ。というのは、これなら彼女にふさわしいと思われる自分の考えを彼はまだ一つももっていなかったから。

彼自身がそこまで降《くだ》ってゆけないような深いところで、愛が彼の中にどっかと根をおろしてしまっていた。フランソワ・ド・セリューズは、他の多くのごく若い青年と同じで、もっともはげしい感覚、したがってもっとも粗野な感覚しか感じないようにできていた。こういう愛の誕生より、悪い欲情のほうが、彼を別なふうにつよく刺激したにちがいない。

私たちが自分を危険だと感じるのは、一つの病疾がわれわれの内にはいろうとしているときである。そういう病疾がいったん根をおろしてしまうと、私たちはそれと仲よく暮すこと、そういう病気の存在に無意識でいることさえできる。フランソワはもうこれ以上自己をいつわることも、湧《わ》きあがってくる騒音に耳をふさいでいることもできなかった。彼は自分がドルジェル夫人を愛しているかどうかも、またどういう点で彼女の罪をとがめだてできるのかもわからなかった。が、たしかに責任のあるのは彼女であって、他の何人《なんぴと》でもないのだった。

彼はじっとしているのがやりきれず、一人きりでいたくなかった。情愛で身内はいっぱいになっていた。セリューズ夫人が本能的にばつがわるくなったことを思い出したが、とにかく誰かにそばにいてほしかった。彼は長いあいだ会わないある情人《おんな》のことを思いうかべた。こんなに見すてられて悲しんでいるかもしれない。会いに行こうかと思った。しかし、彼はよく辛抱した。その女のところへ彼が行かなかったのは迷信からであった。そういうことをすればドルジェル伯爵《はくしやく》夫人を裏切ることになり、不幸をまねくもとになる、といった気がしたのだ。

翌日、彼はドルジェル家のお茶に行った。そのとき、彼は自分のアンヌに対してもっている友情にはなんの変化も起っていないことを感じた。この友情はむしろ無邪気な心が勝手にさわぐようなものだった。途中、彼はずっと心にいいつづけた、（おれはマオを愛している）。そして、彼女の前に出たら、なにか異常なものを感じるだろうと予期していた。が、彼は平静だった。（おれはまちがったのだろうか。おれはアンヌに友情をもっているだけで、あのひとの細君にはなにも感じていないのだろうか？）と思った。

フランソワの恋愛に対する考えはいわば既製品なのだった。しかし、その考えをつくりあげたのは彼自身だったから、出来合い品でなく、寸法をはかって作ったものだと信じていた。それを仕立てたとき、力のない感情だけをもとにして仕立てたことを彼は知らなかった。

こういうわけで、フランソワは自分の恋を過去の恋を標準にして判断していたからまちがっていた。まず、彼がアンヌにひきつけられるこの吸引力はなぜだろう？　嫉《しっ》妬《と》すべきではないか？　彼はドルジェル夫人がアンヌを愛していることを知っていた。しかも、この男を幸福な恋敵《こいがたき》として考えるどころか、親しい友だと思っている。ドルジェル夫人のそばにいる夫のアンヌを悪感情をもっては見ていなかった。フランソワはこういうばかばかしい不合理なことをなくしようと試みた。しかし、そういうものをきれいに消しさったと思うとたんに、それがまたもとのようにあらわれてくるのだ。

アンヌ・ドルジェルのほうでは、急に親しくなったことも、べつだん不思議ではなかった。フランソワが非常にはやく友人になったのも、別の相手の場合と同じだった。彼はセリューズがこんなに急に昔からの親友の同列にはいったことの異常さについては、なにも考えなかった。

彼はフランソワにもった好意の動機をば分析もしなかった。ところで、その理由たるや信じがたいものなのだ。もし誰かがこういう理由だとおしえたら、彼は肩をそびやかしたことだろう。ドルジェルがフランソワを誰よりも好きになったのは、フランソワが彼の妻を愛していたからだった。

われわれは、どんなやり方であるにせよ阿諛《おべっか》が好きだ。ところで、フランソワは伯爵を嘆賞していた。彼の嘆賞は、なによりも、マオのような女性に愛されうる男にむけられていたのだ。これに対して、ドルジェルのほうでは、気がつかぬながら、こちらを羨望《せんぼう》してくれる人間にわれわれがいだく感謝の気持を、いだいていたのだ。

フランソワの恋はドルジェル伯のもつ好意の神秘的な理由であったのみならず、この愛はまた伯爵が自分の妻にもつ愛情にも影響していた。彼は、その真価をおしえられるのに他人の欲望が必要であったかのように、妻を愛しはじめた。

ドルジェル夫人は、このアンヌの友人を、かなり好感をもって見ていた。といって、自分がフランソワにもっている好意を不安がったりしたであろうか？　夫が好いているものを自分も好く、これは妻の義務ではなかったか？

自分たち二人の仲を近づけるものを、どうして警戒したりするのか？

まもなく、ドルジェル邸ではフランソワ・ド・セリューズは欠くべからざる人間となった。この新しい友達に多くの時間をさいていてもフランソワにしてみればなに一つ犠牲にしているわけでなかった。退屈しのぎにつきあっていた連中との交際をあまりしなくなった、というただそれだけだ。

ドルジェル夫妻のもよおす晩餐会《ばんさんかい》にフランソワが出席しないことはなくなった。セリューズがドルジェル家ではじめて晩餐したとき、その隣席にアンヌの姉のドルジェル嬢がいた。彼はこんな人がいることをまるで知らなかった。彼が愛想よくするのを見てこの女《ひと》はにがい気持で思っていた——（この人はこの家に出入りするようになってまだまもない人だとよくわかる……）

フランソワはドルジェル一家の人をみな知っているつもりでいた。こんな姉のいたことはひとかたならぬ驚きだった。ドルジェル嬢が一度も昼餐に姿を見せなかったのはただ偶然のことだと思った。さて、これに偶然はまったくかかわりはなかった。

ドルジェル伯は姉を複雑な理由から人目につかぬようにかくしていた。もっとも単純な理由は、彼はこの姉をあまり値打ちのない人だと思っていたからである。ドルジェル嬢は長女であった。この女《ひと》を見て、フランソワはアンヌにある滑稽《こっけい》な点がよく理解できた。彼女はある完全な作品のきわめて拙劣な模型のようなものだった。彼女の一層粗雑な組立てが、その弟の精巧な時計仕掛をよく説明してくれた。

とはいえ、彼女はドルジェル家では無視されているものの、よそではかならずしもそうではなかった。素描《デッサン》より戯画《カリカチユア》のほうがぴんとくるというたちの人びとは、伯爵より彼女のほうが品がいいと見ていた。彼女は毎日午後はドルジェル夫妻がつきあわないような老人や退屈な人たちをおりおり訪問することについやすのであった。そこでは退屈することがないという理由でリュニヴェルシテ街の宴会を頽廃《たいはい》的だといっているこうした人たちも、ちょっと手招きさえすれば、よろこんで駆けつけるのだ。

社交界《サロン》でドルジェル嬢の名が評判されるといつもきっとこのひとをほめるためだった、といっていい。親しい友達だけがその噂《うわさ》をする、彼女はそういったたちのつつましい人間の一人だ。それでも、弟と義妹に対する怨恨《うらみ》の偽装でしかないそういう淑《しとや》かさを、あやしむことは十分できた。

《それにあれは清浄そのもののようなひとで》と、彼女を賞讃する人びとはあとでつけくわえた。これはつまり、この女《ひと》が生れつき容色にめぐまれていないことを意味するのだ。

ドルジェル伯爵は新しい感情に生れかわった。彼はいつも恋愛をあまりにも排他的なものとして避けてきた。愛するためには暇がいる。彼の日々はとりとめもない事柄でいっぱいだった。

しかるに、情熱が警戒しようもほとんどないほどじつに巧妙に彼の内にしのびこんでしまった。この新しさはマオが煖炉《だんろ》の前の椅子《いす》に腰かけてフランソワと話したあの日からはじまったのだ。あの日、彼女の夫は彼女にまるで自分の妻ではないように、欲情をいだいた。

フランソワにしてみれば、宴会よりも、もっとしんみり落着いた交際のほうを多くのぞんでいた。しかし、彼はあたえられるもので楽しくあそぶのに、ききわけのいい子供らしい熱心さを見せていた。彼は愛想《あいそ》のいいお客になろうとさえつとめた。マオの前ではただぼんやりとして一言もいわずにいたいと思っている彼が、そばにいるほかの女たちにしゃべるために苦心惨憺《さんたん》しているのだった。

フランソワが食卓で隣席にすわるのをもっともおそれたのは、彼と同じ年ごろのおもしろくもない上流青年たちであった。彼はそういう連中に軽蔑《けいべつ》されていると思っていたが、その連中は彼がアンヌの友情を得ていることで羨望《せんぼう》していた。彼らにしてみればとうていのぞんでも得られぬ親しさだった。ずっと前からアンヌを知っている人たちにとっては、この人は兄貴だった。それにアンヌは彼らをいくぶん中学生あつかいにしていた。フランソワは、伯爵は少年時代の彼を知らないから、この若い連中と同年輩の人間のような気がしないのだ。もしフランソワが彼らがいだいている羨望の気持を察しえたら、おそらく彼らをもっと愛想のいい人間だと思ったでもあろう。

こうした夜会で、フランソワはただもうみんなから忘れられたいと願っているばかりだった。彼のほうではマオ一人をのぞいて他のすべての人間を忘れていたように。が、アンヌ・ドルジェルはそういうことには気がつかない。友情からフランソワをどうしても座の人気者に仕立てようとつとめてやまなかった。フランソワはそのために苦しんだ。謙遜《けんそん》だとか内気だとかいうのではないが、いずれみんなが彼の顔の背後にあるものを読みとるだろうといった気がしたからだ。

なぜかといえば、彼が顔のうしろにかくしているものは、誰にも、マオにさえ知られたくなかった。それを知られることは、彼の幸福を破壊してしまうことだと思っていた。フランソワは、彼くらいの年齢にのみ人が幸福でありうるようなふうに、幸福であった——なに一つちゃんと自分のものにはせずに。

自分の友達のことをセリューズ夫人には一度も話したことのないフランソワが、ドルジェル夫妻に関しては例外だった。彼の母はわが子がその生活から自分をいままでのように遠ざけようとしない気がして、うれしく思った。

フランソワは、なに一つ赤面しなければならぬことがないから、母に少しも隠しだてしないのだ。たしかに、この純潔さは主としてこの場合の特殊事情から由来していた。が、彼はそれをよろこんでいた。今までフランソワは純潔さはおもしろくないものだと考えていた。今では、こういう純潔さの味わいのわからないのは、粗野な味覚だとはっきり判断するようになった。それにしても、この味わいを、フランソワは自分の心のもっとも純潔でないところに見いだしているのではなかったか?

フランソワは母にドルジェル伯夫妻のことをいかにも自信たっぷりの様子で話すので、夫妻とはまだ近づきにならぬままに、彼女の息子の友人の中で心から安心できる唯一《ゆいいつ》の人たちというふうにいつしかなってしまった。しかし、フランソワは自分のいちばん気になっていること、母とドルジェル夫妻とひきあわすことをまだしないでいるのだ。彼が今つよく感じている幸福は非常に新しいことなので、その安定をやぶることをおそれてなに一つなしえないのであった。

ある日、前夜の晩餐会のことを話していると、セリューズ夫人は彼にいった。

「そのお友達はへんに思ってらっしゃらないこと？　きっとあなたはまるで家もない人間だと思われていますよ。なぜ、あの方たちを一度うちへお招きしないの？」

彼はおどろいて母の顔を見つめた。そういうことをいっているのはほんとうに彼女だろうか？　いままで一度もこの招待のことをいいだす勇気のなかった彼であったが、今母の口からそれをいいだされてみると、彼はいろいろと故障をいいたてた。

「まるであなたには迷惑そうな話にきこえるわね」とセリューズ夫人はいった。

「そんなことがあるもんですか」フランソワは母を抱いて接吻《せっぷん》しながら、そう叫んだ。

セリューズ夫人は、きまりわるげに、そっと息子をおしのけた。

セリューズ夫人がドルジェル夫妻と相識《しりあい》になりたがっていることを知って、ドルジェル夫人はしんからのよろこびをしめした。この友情に真面目《まじめ》なものをそえることは彼女にとってうれしかった。

アンヌのほうはいつものように大げさな叫び声をあげた。そうこうするうち、彼の姉があらわれた。フランソワはこのひともいっしょに招待するのが礼儀だと思った。が、不幸な女が返事する前に、アンヌが横あいから「あなたは土曜日にはアンナ叔母さんところへ午餐《おひる》によばれていますよ」といった。

フランソワはこの叔母の名を、ポール・ロバンから電話がかかった後にドルジェル夫人が彼と伯爵《はくしゃく》を二人きりにして出て行ったあの日にすでに聞いたおぼえがある。あのとき、アンヌ・ドルジェルは妻が嘘《うそ》をついているという意味のあのとぼけた目つきをちょっとしてみせた。フランソワは、その叔母さんというのが実際はありもしない架空のひとではないのか、とさえうたがったものだ。叔母さんはしかし実際にいるひとだった。が、ドルジェル夫妻は平生このひとをまるで無視していた。そして彼女をアリバイとして利用するのが、せめてこのひとへの償いだといった気持でいたのだ。

ドルジェル伯夫妻がシャンピニーの家の客間へ通ったとき、フランソワは待ちもせぬ人が不意にあらわれでもしたように、呆然《ぼうぜん》とした。彼が久しいあいだよく知っているこの部屋にこの親しい人たちが来ていることが、なにか幻のあらわれたような感じで驚いていた。彼の呆然としている様子がちょっとアンヌ・ドルジェルをあわてさせた。しかし、彼をもっとも臆病《おくびょう》にさせたのは、かの若い婦人の面前にいることであった。アンヌ・ドルジェルは老人連をうまく手なずけるのが大好きだった。シャンピニーまで来る途上でも、どういうふうに目指す相手にとりいるかを研究してきた。さて、このように若々しい姿を見て、彼はすっかり狼狽《ろうばい》してしまった。

フランソワは、アンヌのごく自然な愛想よさを見てなにか心さわぎする気持になった。母のそばに一人の男がいるのを見たのはこれがはじめてだった。

その日、セリューズ夫人はすばらしかった。

母の美しさに感嘆しながら、フランソワは少しずつそれが自分の母であることを忘れていった。彼女のほうからもこの忘却に力を貸していた。フランソワがまだ知らなかったような生きいきした調子で、彼女はしゃべっているのだった。

信じがたいことだが、この接触によって、ドルジェル夫人は若がえるのを感じた。いつもあんなに遠慮がちな彼女が、ともすればセリューズ夫人を久しぶりに出会った幼な友達のように思ってしまうのだ。

昼餐《ちゆうさん》の後、セリューズ夫人とドルジェル夫人はいっしょに雑談していた。そして、フランソワがこの絵図をじっと凝視《みまも》っているので、ドルジェル伯爵は黙っているうさばらしに、壁にかけられた絵の方を眺めた。しかし彼の目はぼんやり空《くう》をさまよっていたのだ。この動作《しぐさ》を退屈しのぎだとは気がつかぬセリューズ夫人は小さい密画の上をじっと見つめている客の注意をひいているものがなにかあるのだなと思った。実際のところ、彼はその絵を見てもいなかったのだが。

「あの肖像をごらんになっていますの？」

アンヌはよく見るために立ち上がった。

「あの肖像はよくあるジョゼフィーヌ皇后の絵にはあまり似てはいません。だけど、あれはあのひとの十五のときの肖像なんです。あれはマルチニックにいたあるフランス人が描いたもので、ボーアルネに許婚者《いいなずけ》の姿を見せるためにおくったものでございますよ」

マルチニックという言葉に、ドルジェル夫人は名をよばれた犬のように頭《かしら》を上げた。彼女は肖像画の方に歩みよった。

「ジョゼフィーヌはわたくしの曾祖母《そうそぼ》の親の従姉妹《いとこ》でした。その曾祖母はもとはジョゼフィーヌのお母さんと同じでやはりサノワ家の出のものでしたのよ」とセリューズ夫人がいう。

「それじゃあ――」とアンヌはフランソワとマオの方に向き直りつつ声高くいった。「あなたたちはいとこだよ！」

彼は狂人《きちがい》みたいにこの発見をおもしろがった。

この断定のあとにあっけにとられた沈黙がしばらくつづいた。フランソワはマオの家族のことをたいして知らなかった。マオが返事をしないので、アンヌはさらに念をおした。

「つまり、私はまちがっていないさ。あなた方はタシェ家とデュヴェルジュ・ド・サノワ家と両方に血縁関係があるんだろう？」

「ええ」とドルジェル夫人は、まるでつらい告白でもするように、いった。

このような当惑は、なぜだろうか？　きわめて薄い血縁ででも自分がフランソワとつながっているということが気づまりなものを感じさせたのだ。彼女はこの気づまりの理由はまたあとで考えることにした。たださしあたり、自分の今の態度がセリューズ夫人やフランソワに対してあまり親切でなかったことだけを反省した。

フランソワ自身もすっかりどぎまぎして、このいとこという親戚《しんせき》関係をきいてドルジェル夫人がしめした態度には気がつかなかった。

アンヌ・ドルジェルはこの coup de théâtre《クー・ド・テアートル》（訳注　芝居の中で興奮させる見せ場のこと）でまだ唖然《あぜん》としていた。彼はフランソワにいった。

「父が知ったらさぞよろこんだことでしょうよ。父は私にいろいろ友人があるのを非難したものです。《おれの時代には友人なんぞなかった。みんな親類ばかりだった》といつもいっていましたよ。きょうはじめて君とつきあうお許しが父から出たようなものさ」そういいつつ笑うのだった。

アンヌは自分は家族的な偏見から脱しているつもりで、この父老伯爵の言葉も冗談として引用している気だった。が、今の発見をこんなにうれしがっていることは、彼がやはり故ドルジェル伯爵の子であることを十分証明していた。

「少しお気が早いようですけれど」とセリューズ夫人はいった。「わたくしたちの先祖がそうだったというだけで、こちらと奥さまがいとこだというのは少し僭越《せんえつ》でございましょう?」

　セリューズ夫人の良識はマオにとってうれしかった。夫人のいうことが正しい。アンヌのはなんと行き過ぎた考えだろう! しかし、アンヌは平常どおりの熱心と軽率さで、都合よく頭にうかんだ一句をいってしまった。

「どちらにしたって、あなたはマルチニック全島の人と親類みたいなものですよ!」

　セリューズ夫人はアンヌのふだんのやり方、その比喩《ひゆ》や大げさな物言いに慣れていなかった。《マルチニック全島》というのがアンヌにはグリモワール一家と血縁でつながる三、四の家族を意味するのだが、そういう言葉はセリューズ夫人にはそのままに全島というふうに思われた。彼女は伯爵をずいぶん無遠慮な人だと思った。自分を黒人の子孫だと思っているんだろう、という気がした。はじめて、彼女は自分の血統について自尊心をもった。彼女はマオにいった。

「ドルジェルさんのおっしゃるとおりです。あなたのお家とサノワ家に姻戚《いんせき》関係のできたのは少しも不思議はございませんよ。だって、そういう縁組のできる二、三の家の中の一つだったのですもの……」

　マオが自分のいとこだって!

フランソワはこれをよろこんでいいのか、悲しんでいいのかに迷った。彼は少年時代をいっしょにすごして、あんなに退屈な思いをさせられた、おもしろくもない従姉妹《いとこ》たちのことを思い出した。マオがああいうい、とこのかわりにいることもでき、自分は彼女といっしょに育てられることもできたんだ、と憂鬱《ゆううつ》な気持で思った。

なぜかというと、彼はこのような血縁の力を一分たりとも疑わなかったからだ。こんなことはセリューズの場合にも滑稽《こっけい》とみえるだろうが、ドルジェル伯としてはそれ以上にばからしいことだ。フォブール全体（訳注 パリの上流貴族街）と親戚だったといっていい伯爵が、しかもいちいちそれを重要視していないこの人が、突然、こんなとるにたりぬ血縁関係をなぜそのように問題にするのか？　これはつまり、彼にとって、フランソワはいままでいつも普通の秩序から少々はずれている人間だった。彼は円舞の列に完全にははいっていなかったのだ。この児戯に類することがあって、はじめてその列中に彼がはいれるように、伯爵には思われたのである。

時計が四時をうった。アンヌ・ドルジェルはフランソワにパリへ行くかとたずねた。フランソワはパリにさして用事もなかったが、自動車でドルジェル夫人のそばにかけて行けることを思って、人に会う約束があると嘘をいった。

「この子はお二人にマルヌ川の岸をご案内したいと思っておりますの。ですから、近いうちにも一度いらしてくださいまし」とセリューズ夫人はいった。

ドルジェル夫妻は夫人にまず自分たちのところへ昼餐に来ることを約束させた。

フランソワは感謝の心をこめて母を見た。

「夕御飯にはかえってくるの？」と彼女はきいた。

フランソワはパリへ行くのもただドルジェル夫妻に同伴するというだけで、自分と幸福のあいだに他人の顔がはいることを避けて誰にも会わないつもりでいるのだから、帰るとこたえた。

だが、アンヌはセリューズ夫人にご子息を貸していただきたいと頼んだ。フランソワはそれをのぞんではいたが、ドルジェル夫妻はまぎわになってから招待したりすることはめったにしないから、まさかと思っていたのだ。フランソワは感謝するとともに、けっして報いられることのない恋をはっきりと感じることがうれしかった。というのは、アンヌ・ドルジェルのような友人を裏切ることのいかに不愉快であるかがわかったからだ。おそらく、車の中で、ドルジェル夫人の心にうかんだ彼女自身にも整理のつかないさまざまの考えの跡を彼がたどりえたら、こうまで細心に気をつかう必要はなかったかもしれぬ。人間は海のようなものだ。ある人びとでは不安が常の常態しまう。

である。また他の人びとは地中海のように、一時《ひととき》は動揺して、またすぐ凪《なぎ》にかえって

自分たちの生活の中に第三者がはいってきたことにこんなによろこびを感じるということに、マオは割りきれぬ気持がしないではなかった。この割りきれぬ気持はほとんど最初の接触のときからはじまっていた。セリューズ夫人の家を訪問してマオの心は落着いた。一つの錯覚がこの誤解を延長することになった。むかし彼女の祖先の母たちがやはりそういうことにかくれて愛のない結婚をする罪を平気で犯したように、いとこということにかくれて今では安心しているのだった。彼女はフランソワがもうこわくはなかった。一言でいえば、ドルジェル夫人は自分で気がつかずに、この遠縁のいとこに彼女の祖母たちが夫にいだいていたような感情をいだいていたのだ。しかし、今のところは彼女は夫を恋人のように愛していた。

さきにいったように、マオは心の動揺を日々の糧《かて》にすることのできない女である。おそらく、彼女の祖母たちの貞淑の主な理由も、静穏をかきみだす愛をおそれることのうちに存在していたのだ。

ドルジェル嬢が晩餐《ばんさん》のために階下におりて客間にあらわれたとき、アンヌは室の端から端にむかって、大きく声をかけた。

「大きなニュースがあるよ！　なんだかあててごらんなさい……マオとフランソワはいい、いとこなんだ」

ドルジェル嬢は弟の顔を見つめた。それから手眼鏡《てめがね》をひき出して、腰掛にならんでかけている若い二人をじっと眺めた。

（弟はずいぶんへんな人だ……）と彼女は心の中につぶやく。こう思ったことにはっきりした意味はないのだが。

アンヌ・ドルジェルは食卓ではほかの話は一つもしなかった。どんな微細なことも忘れようとはせず、そのうえ、そういう材料を利用してグリモワール・ド・ラ・ヴェルブリ家の完全な系図をつくりあげようとさえした。ドルジェル夫人は優等賞の授与名簿の中に自分の名がよみあげられるときのように顔をぼうっと赤らめていた。フランソワはアンヌ・ドルジェルの驚くべき博識を感嘆して聞いていた。シャンピニーですでに口が軽くなっていたアンヌは、この夜はまた談がグリモワールの家系のことになって常の彼以上であった。

そうこうするうちに、ニュースは食堂のつぎの控室までひろがった。

「伯爵さまも、だんだんと、そういうことにしとくのが便利だと気がつかれたのさ」と従僕の一人が賢顔《さかしらがお》をしていった。

控室は客間から遠くはなかった。この従僕のいったことは世間の悪口のいわば前ぶれだ。やがて人びとがこそこそささやきあい、いや声高にさえいうであろうことを、この男はわかりやすくいったばかりである。

帰りぎわに、フランソワはドルジェル夫人の手に接吻《せっぷん》した。アンヌは二人を抱くようにして、《君のいとこにさよならをいうのに、そんな仕方はないよ。ちゃんと抱いて接吻してくれたまえ》

ドルジェル夫人はあとにたじたじとさがった。彼女もセリューズも、そのまま火中に飛んではいるとも、接吻などしたくなかったのだ。が、どちらもそういった気持を相手に見せてはいけない、と考えた。だから、二人は笑いながらそれをした。フランソワは、マオの頰《ほお》の上にちゅっと音のする接吻をした。

彼女の顔はいじわるい表情になった。彼女はこんなことを強《し》いたことで夫をうらみ、またセリューズには彼が笑ったことで腹をたてた。なぜなら、彼女は自分自身の笑った意味は知っていたが、フランソワの笑った意味は知らなかったからだ。

その翌日、セリューズはポール・ロバンに会いたくなった。彼は外務省へ会いに行った。シャンピニーでの一件を話した。

ポールはアンヌ・ドルジェルのこさえた嘘《うそ》を嗅《か》ぎつけるような気がした。その話は、本当のことがそうであるように、不器用にできているという気がした。世間でいろいろ陰口をいっているのを聞いていたがポールはまだ躊躇《ちゆうちよ》していた。これでもう躊躇しなかった。彼の考えも決ったのだ。

で、彼もあの従僕のように考えた。

「まったく不思議だなァ！」とフランソワは声高にいった。

「なに、不思議じゃないさ」とポールはいう。彼は台本《シナリオ》を見ろとわたした劇作家にこたえるような調子であった。「ちっともおかしくはない。たいへんおもしろい。筋書はなかなかよくできてる。ジョゼフィーヌの肖像、マルチニック、全体として僕にはたいへん気にいった」

フランソワ・ド・セリューズはあっけにとられてポールを眺めた。しかし、彼にはこの外交官がつくり話の出来をほめているとは気がつかなかった。(この男の頭のはたらき方はへんだな！　ロバンは人生をまるで小説のように判断している)と思った。

この感じ方がじつに正確だったとは自分では思っていなかった。

フランソワは自分のよろこびを少しうちあけようと思って友人に会いに行ったのだ。が、彼は大きな孤独の印象をうけたのみだ。事実、彼は一人だった。みんなからすでに望みをとげたものと信じられている恋をいだいて、一人ぼっちだった。

アンヌはセリューズ夫人を正客として晩餐会をもよおす気だった。フランソワは、母は夜は外出したがらないからとことわった。そこで昼餐ということに決った。

この食事の後で、フランソワと母はいっしょにドルジェル家を去った。セリューズ夫人は大ぜいのお客を見て少し頭がぼうっとしていた。しばらく黙って歩いた後、夫人は息子にいった。

「ドルジェルさんの奥さんはなんていいひとなんだろう。あんたにはぜひあんなお嫁さんがほしいね」

(僕だって、妻にするにはあのひとでなくっちゃ) と彼は悲しい気持で思った。が、返事はしなかった。彼は母の言葉の中に自分の運命の確かさ、自分の心がまちがっていない証拠をはっきりと見た。

頬にした接吻はフランソワにとって悪い思い出だった。

ドルジェル夫人のほうでもまだそのことをおぼえていた。しかし、心の戦略によって、あのばかばかしい接吻のことではただ夫をうらんでいる、というふうに彼女は信じていた。

ある夜、劇場へ行く途中、フランソワはいつものように自動車の中で夫妻のあいだにはさまって腰かけていたが、すわり具合がわるく少し席をひろげようとしたとたんに、自分の片腕をドルジェル夫人の腕の下にすべりこませた。彼は自分のというよりむしろ腕そのもののやったこの動作にびっくりした。その腕をすぐひっこめることができなかった。ドルジェル夫人にはそれが機械的な動作であることがわかった。目だたせたくないので、彼女もまた腕をひっこめようとしなかった。フランソワ・ド・セリユーズはマオのこまかな心づかいを察した。そして、これにけっしてあまえてはいけないと思った。二人は、おそろしく窮屈な気持で、じっと動かずにいた。

フランソワは、ある日、その場面のことを思いうかべつつ、彼の恋にふさわしからぬ胸算用をした。彼にはマオの沈黙の意味はよくわかっていたのだが、これを利用して、二人のあいだにあんなに苦しかったあの立場から利を得ようと考えた。接吻の記憶が彼に前のときの返報をするように駆りたてるのだった。しかし、彼の腕がまたすべりこんだとき、ドルジェル夫人は今度はわざとすべりこんできたことをはっきり感じた。彼女は一秒たりとも自分が恋の、または単に欲情の的になっているとは考えなかった。そういう身ぶりは友情への侮辱だという気がしたのだ。（あたしはまちがっていた。これは信用できないひとなんだ）。というものの、彼女はアンヌに見とがめられてはと心配して、腕をひっこめかねていた。フランソワがちょっと悪趣味な失策をやったからといって、それで不和になるようなことをしていいものか？　彼女はまだ男のほうから腕をひくことをあてにしていた。それどころか、彼のほうではこの沈黙にずうずうしくなって、いっそうあつかましくしてきた。

フランソワは彼女の横顔をそっと見た。と、彼の目には涙がたまってきた。そのままドルジェル夫妻の膝《ひざ》もとにひれふして、謝罪したい気持になった。今度は、恥ずかしさから、腕をひっこめにくくなった。

ヘッドライトが車内をぱっと明るくした。ドルジェル伯爵《はくしゃく》は友人の腕と妻の腕がくみあっているのを見た。彼はなにもいわなかった。フランソワはアンジュー河岸《がし》で夫妻とわかれた。

リュニヴェルシテ街に来るまで、ドルジェル伯夫妻は沈黙をつづけた。アンヌは自分のした発見で気も顚倒《てんとう》してしまっていた。なにを信じていいのかわからなかった。ついに、ドルジェル夫人は、なにもいわなかったら、これからはアンヌと正面から顔を合わすことができなくなると思った。で、彼女はさっきの当惑、車中でフランソワが自分の腕の下に腕をすべりこませたこと、あまり事がややっこしくなることをおそれて、そのままにじっとしていたことを告白した。彼女はアンヌに、あんなことをされて自分が不愉快だったことをフランソワにわからせるには、どうしたらいいかとたずねた。

アンヌ・ドルジェルはほっとした。つまり、マオは彼になに一つ隠しだてをしない、潔白なのだ。彼女は見られていたとは知らずに、彼のちゃんと見ていたことを告白していたのだった。

彼はほっとした気持を黙ったままで享楽《きょうらく》していた。この沈黙がドルジェル夫人を不安にした。夫はフランソワに、今後は家に出入りしてくれるなというつもりだろうか？　しゃべったのはわるかったのだろうか？　彼女は過失を犯した男を弁護し、言いわけのたねを見つけてやりたい気持にすでになっていた。おそるおそるアンヌの方へ目をむけた。腹だちの顔をそこに見るものと思っていた。このうれしげな表情は、なにを意味しているのだろうか？

「で……そんなことはこれがはじめて？」と彼はたずねた。

「どうしてそんな疑いをおもちなの？　もしそうだったら、なぜあたしがいままでお話ししないってことがあったでしょう。そんな疑いをおもちになるとは意外よ」と彼女は腹をたててこたえた。夫の疑いより、その顔にあらわれている喜びの表情が気にさわったのだ。

こうして、彼女は自分では気がつかずに、嘘をいった。ただちょっとした言葉のゆきがかりが、フランソワの第一回のときの動作をかくさせてしまった。真実の半ばをかくしたのだ。彼女はいいなおして、《いいえ、まちがっていました。前にも一度フランソワはあたしの腕の下に腕を入れました。あのときはつい不注意にそうしたんだと思います》といいたくなった。

が、彼女はだまっていた。こんな新しい告白をしたら、夫は彼女をいよいよ疑っていい権利をもつようになりはしないか？

マオはずっと夫の忠告を待っていたのだ。しかし、妻の率直さにほっとしたアンヌは心がゆるんで、ほかのことは見えなかった。彼はフランソワのずうずうしい態度のことさえもう気にしていなかった。

「子供のいたずらみたいなことさ。このとおり私はちっとも気にかけてなんかいないよ。あなたも私のようになりなさい……もしフランソワがまたそんなことをしたら、そのときこそ注意するさ」

こういう軽々しい言い方はドルジェル夫人には気にいらなかった。夫が助力をことわったのだから、必要なときには、自分一人で防禦《ぼうぎょ》する決意をした。

アンヌ・ドルジェルは自分のやり方は賢明だったと思うことができた。というわけは、その後はマオがもう不平をいうようなことが起らなかったからである。

事実、フランソワはああいう動作は二度とくりかえすまいと心に誓った。マオがすべてを夫に話しただろうということは、うたがわなかった。そのことについて誰も一言もいわず、まるでなにも知らないようにしているのを、彼は感謝した。こうした寛大さがいっそう彼にはつよくこたえた。自分の不謹慎がはっきりと感じられた。自分はマオに愛される値打ちのないことをしたということがはっきりわかって、彼は忠実になった。その結果はますます愛想よくみえた。この操作《やりかた》ほど彼に役だったものはなかった。

好晴の日がつづいた。彼らはよくパリの外へ食事をしに出かけた。フランソワはアンヌにすすめてこういう郊外散策につれ出した。アンヌはまた、妻がちょっとでも緑色したものを見るとすっかり晴れやかになるので、田舎にも辛抱するのだった。

この三人の人物のあいだの関係で、すべてがめったにないほどお上品なふうに運ばれてゆくと感じられるだろう。実際は、これで普通の危険はかえって大きかったのだ。なぜなら、品よく仮装されているだけに、彼らはそういう危険を見わけることが他人よりできなかったからだ。

幾度か、サンクルーやその付近からの帰りみち、ブゥローニュの森を横ぎりながら、ドルジェル夫人とフランソワ・ド・セリューズは、二人の考えが抱きあいからみあっているとは知らずに、いっしょに長い旅をして深い森の中を通りすぎているのだ、とおのおの別の心の中に思うことがあった。

しばしば、こういう散策のとき、ミルザとよばれているあのペルシアの王子がくわわった。彼は十五歳で未亡人になったかわいい姪《めい》を慰めようと苦心していた。この姪はヨーロッパ式の教育で東洋風の習慣からすっかりぬけきってしまっている。マオとフランソワがいっしょに郊外に遊びに行っても気楽に感じるのはこの王子と若い王女とにかぎるのだった。

愛はみんなを仲よくさせる。たしかに、ミルザはフランソワがマオを愛しているようには、その姪を愛してはいなかった。が、その愛し方には似たところがあった。ミルザは純潔に愛していた。すでに夫をなくした悲しみを知っているこの子供っぽい顔にむかうと、ミルザはある愛情を感じずにはいられない。そういう愛情をば、いつも悪を見つけたがるパリの連中は叔父の気持としては過ぎたもののようにいうのだった。ミルザ、若いペルシア姫、ドルジェル夫妻、フランソワたちを気がつかぬひまに近づけたのは、世間から理解されない潔白なのであった。彼らはこの潔白をかくすためにパリから外に出ていった、といってもいいかもしれない。

前に、ロバンソンで、社交界の目にうつったままのミルザの姿を紹介した。したがって不正確な描き方をしていたわけだ。たとえば、みんながこぞって彼にみとめている快楽の感覚、あれは詩の感覚なのだ。だいいち、ミルザも自分自身の詩をよく理解してはいなかった。彼は自分を実際的な、アメリカ式の正確さをもつ人間だと信じていた。ところで、詩は漠然としたものより正確さをより多くもっているものであるということは別として、この貴公子の性癖《マニア》は彼をじつに愛すべき誤謬《ごびゅう》にみちびくのであった。彼は、ヴェルサイユやサン・ジェルマンへ行くときには、カシミア織りの肩掛のようにいろんな色でいろどられたパリ付近の大きな地図をひろげて見ないと気がすまない。いちばん近い道をさがすという口実で、結局いつも道を見失ってしまうのだ。

もっとも予期しないときに、彼の人種的特徴があらわれた。ある夜この小さなグループがブゥローニュの森の中の道を通っていたとき、ミルザはぎくっとからだを起し、ピストルをとり出して自動車をとめさせた。そして呼吸《いき》をころしつつ一本の樹《き》のかげに身がまえた。いましがた二頭の牝鹿《めじか》を見たのだ。

ブゥローニュの森では牝鹿なんか撃っちゃいけないのだと注意してもむだだった。しあわせと、武器はあまり精巧すぎて役にたたなかった。彼はこの武器に腹をたてながら車内にもどった。二頭の牝鹿をしとめて姪とドルジェル夫人に贈るつもりだったのだ。ドルジェル夫妻とフランソワにとっていちばんおもしろかったのは、かわいいペルシア王女の不機嫌な顔である。彼女は叔父の射とめた獲物《えもの》をもってリッツ（訳注　パリの一流のホテル）へかえることのできないのを残念がっていた。

セリューズ夫人がマオのことを「お前の嫁にはああいうひとがほしいの」といってから、フランソワは母の前ではなにかしらきまりがわるい思いだった。自分の恋を母がさとっているのではないかと心配した。で、なるべくこの二人の女性を会わせまいとしていた。マオを恋することは、たとえ口に出さないとしてもそれは裏切りだと、母にはっきりいわれるのが恐ろしかった。

（いくら純潔な恋だといったところでやはり虚偽といっていいこんな自分の立場に母までまきこまないようにするのは、母を尊敬する気持からなんだ）と彼は心にいっていた。

しかし、恋は人間を臆病《おくびょう》にするものだから、ここ数週間もセリューズ夫人をこんなに影にかくしてうっちゃっておくのはドルジェル夫妻に小言をいわれそうで気になっていた。

この人たちがシャンピニーへ遊びにくるとき、いつもマルヌの川岸へ出かける暇がないのだった。フランソワは自分が少年時代をすごしたこの場所でマオを見たくてたまらなかった。そうするには五月がちょうどうってつけの季節である。もしドルジェル夫妻が母のところで昼食をしたら、マルヌの岸へ行くのはまた時間が遅くなっておあずけになるだろうと、フランソワは計算した。一方、夫妻はセリューズ夫人に会うためでなければわざわざ来ないかもしれぬという懸念《けねん》もあったので、彼は母が日をきめてお会いしたがっていると嘘《うそ》をいった。その偽りの招待の前夜、自分はドルジェル夫妻が翌朝自動車でむかえに来るのに都合いいように、フォルバック家で泊った。さて出発してしまってから、途中でフランソワは夫妻にいった。

「いましがたのことですが、門番から昨夜着いた速達をわたされたんです。母が、病気の伯父を見舞にエヴルーへ行かなくちゃならないというのです。母は私からもっと早くあなた方におことわりできると思ったのでしょう。たいへんすまないとお詫《わ》びしていますが」

アンヌ・ドルジェルはフランソワがもう出かけてしまってからそんなことをいうのをへんだと思った。フランソワはいそいでつけたした。

「とにかくシャンピニーへ行きましょう。一つマルヌあたりを僕が案内しますから」

アンヌ・ドルジェルは承諾した。マオがよろこぶだろうと思った。

フランソワにしてみれば、こういう嘘をついてもほとんど心配はなかったのだ。セリューズ夫人はけっしてマルヌの岸なんか散歩したりはしない。彼女が馬車の用意をさせたりするときは、クゥイーとかシュヌヴィエールへ行くためで、マルヌからは遠いところなのだ。

ドルジェル夫人は事がこんなになったことであまり快くない気持であった。前の日、郊外へちょいちょい遊びに出て行くのも少しひかえめにしたほうが慎重なのじゃないか、と心にいったりしていた。いつもそういう遊びからかえってくるときには、ここちよい熱でうっとりし、自分でも危険だと思うぼうっとした気持になっているのだった。夫がなにかちょっと愛撫《あいぶ》をしようとすると、彼女はすっかり悲しい気持になってしまった。彼女はこういうことの原因をごく単純なものに考えたがっていた。自分は花が好きだが、その香りを嗅《か》ぐと頭がくらくらするひとのようなのだ、と思っていた。そういう花のそばで眠らぬように気をつけたらいいのである。マオはあのぼうっとする気持は自分にはいやなのだと、つとめて思いこもうとしていた。しかし、花の香りとの比較はまちがっていたのだ。なぜなら、そのぼうっとする気持は頭痛ではなく、酔い心地であったから。

彼らは川っぷちの青葉《あおば》棚《だな》の下で昼食した。食卓の上はもう片づけられてあった。不機嫌なドルジェル夫人は肱掛《ひじかけい》椅子《す》にかけて、マルヌの川に、愛の島に、夫やフランソワに背をむけていた。彼女の目にはただ道路だけがうつっていた……

鈴の音と馬のカツカツ歩む足音がセリューズをぎょっとさせた。彼の耳にはまちがいようがない。それは母の馬車だった。

一瞬のうちに、彼は母とドルジェル夫人に対して自分のとった行為の醜さをしみじみと感じた。

セリューズ夫人はいったいこの道をとおってどこへ行くのだろう？　彼女はどこへ行くのでもなかった。いくら頭をしぼって考えてもこういう例外的な行程を説明することはできないことだ。そういうことがたびたび起るので人間が運命という女神の手をそこにみとめることになったあの偶然の一つと思うよりしかたがない。単に、というかむしろ運命的にというか、セリューズ夫人はじっとしていられなくなって、馬車の用意をさせ、ふだんはしたこともない散策に出かけた、というだけのことだ。

というわけで、彼女の息子は道路をすすむ馬車の音を聞いたのである。

《しまった》と彼は思った。事実、アンヌとフランソワにはセリューズ夫人の姿が見えず、また夫人からも見えなかったが、マオの目にはまぬがれようはなかったのだ。無蓋《むがい》馬車は通りすぎた。彼は溺《おぼ》れる人間のように目を閉じた。

セリューズ夫人がこんなに若く見えたことはなかった。マオは、この人をいつも地味な服装でしか見たことがない。あの散歩服を着て、麦藁《むぎわら》帽子をかぶって、パラソルをさした様子では、フランソワの妹のような気さえした。

忽然《こつぜん》とあらわれたこの姿に、マオは夢見心地だった。あっと声をあげた。馬車はもう通りすぎていた。アンヌ・ドルジェルはふりむいた。

「どうしたの？」と彼はきいた。

フランソワがすっかり顔色をかえているのを見たマオは、不思議な反射作用で、とっさに返事の仕方をかえた。

「なんでもないの。指を棘《とげ》でついてしまって」といった。

アンヌはやさしくたしなめた。

「びっくりさせるねえ……ごらんなさい。フランソワはすっかり顔色をかえっちまったよ」

……フランソワはやっと正気をとりもどした。マオが自分と共謀者であることは彼には想像できなかった。——

指を棘で刺したおかげで、彼女は母の姿を見なかったのだ。

しかし、このほっとした気持は、彼の後悔をやわらげるどころか、かえって大きくした。彼は当然起りえたであろうことを心にうかべるのだった。ドルジェル夫妻によってクラブでいいかさまをやった人間のように自分が追っぱらわれる様子を心にえがいた。

ドルジェル夫人は黙りこんでいた。彼女は自分のした返事の理由を考えていた。これを前にいったも一つの嘘とならべてみた。だが、彼女は今未知のマオの命令にしたがって行動しているので、そういうことのわけを理解もできず、したくもないのだった。自分の心をしらべる訊問《じんもん》をぴったりやめた。数週間以来、彼女にはこのような習慣ができてしまっていた。

フランソワが顔色をかえたことは、アンヌには異常な不安のたねとなった。この不安が彼にはうるさかった。（おれは滑稽《こっけい》にも嫉妬《しっと》しようとしているのか？）

こうして、三人ともにそれぞれ心をさわがしたのだが、みんなが少しずつ真実をそれぞれのがしていた。が、まもなくすべては秩序に、つまり、闇《やみ》の中にかえった。

ドルジェル夫人は自分たちの友を漠然と悪く思ったことを恥じ、またフランソワやアンヌに対していった嘘できまりがわるいので、自分の行動の説明しがたいところを、自分にもやや気のすむようにしようとつとめた。彼女はいつもよりずっと愛想よくした。このちょっとしたさわぎの結果はけっきょくセリューズ夫人にいいことになった。フランソワは今後は彼女をドルジェル夫妻からひきはなそうとはしなくなった。

パリはみんなが出かけて寂しくなった。夏はもうたけていた。フランソワ・ド・セリューズはあまりよそへ出かけることを考えていなかった。それよりもっと信じがたいことは、ドルジェル夫人も、それと同じような気持だったことだ。この二人どちらも田舎が好きなことを知っているアンヌには不思議でならなかった。そこで、田舎にはちっともいそいで行きたくない伯爵《はくしゃく》は、おとなが学課の暗誦《あんしょう》をさせることを忘れた子供のような心ひそかな満足を味わっていた。ドルジェル夫妻にはその夏の計画が決っていて、もし七月をパリですごせば、本当の田舎の生活つまりアンヌにとってはありがたくない時期をきれいに飛びこえてしまえるのであった。八月になると、ドルジエル嬢がバヴァリアへ行っているあいだに、アンヌとマオはオーストリアのドルジェル家へ行くことにしていた。この一家はまだ若い夫人を知らないのだ。この旅行は彼女にあまりうれしくなかった。そのあとでヴェニスへ行くことも同様だ。

とはいうものの、休暇中のこのようなお義理づとめは、去年ならもっと苦になったであろうのに今年はそれほどでない様子だ。

アンヌは妻の態度に満足していた。自分のたてた計画をこんなに快く彼女が承知してくれるのは予期していなかった。妻は進歩したと思った。(以前はあれは自分と二人きりでないと幸福をちゃんと味わえなかった。このごろはもう世間づきあいを苦にしなくなったようだ)

マオがパリを離れないのに口実にしている一つは、ほとんど毎日を庭ですごしているということだった。出て昼食をした後、アンヌはよくフランソワとマオにいった。「かまわなければ、私は失敬するよ」そして白状した。「あんたたちは感心だね。私はどうも戸外はきらいだ。この庭にいると、暑すぎるか寒すぎるかどちらかだから」「あたしにいつもつきあってくださって、ご親切ね。いっこうおもしろくもないのに」とドルジェル夫人はフランソワにいう。まるで自分は年より女でもあるように。

フランソワは微笑して、じっとして、黙っていた。

ドルジェル夫人は針仕事をしていた。ときどき、幸福に茫然《ぼうぜん》としているフランソワの様子を見て、にわかに心配になることがあった。彼女は彼を呼んだ。人が動かなかったり目を閉じたりしていると死んだと思い、静けさに恐れを感じる子供のようなやり方である。しかし彼女は自分の子供っぽい気持をみとめようとはせず、いつもなにかちゃんとした理由をもっているのだ。「その糸巻をとってください」――「あたしの鋏《はさみ》、ごらんになって？」フランソワがもとめられた品物をわたすとき、二人の手が不器用にふれあうことがよくあった。

こんなにして長い一日をすごした後も彼女は心配にはならなかった。（あのひとといっしょにいて、あたしなにも感じないもの）と思うのだった。これこそ幸福の完全な定義ではあるまいか？　幸福も健康とおなじようなものだ。それとは気がつかずにいるものである。

ときどき、ドルジェル夫人がひたっているこの安らかな気持、おだやかな興奮が彼女に、フランソワを心からうれしくさせるようなことをさせた。たとえば、こうした一夕をすごしたあとで、フランソワをシャンピニーまでおくってゆくなどといった。「——だって、むりだよ。パスカルにいいつけておかなかったし、もう寝てしまっているよ」と、アンヌはいう。

「アンヌ、あなた運転できるじゃないの？　あたし、すぐねむれそうもないんですもの。ちょっと一まわり散歩してきたら気持がやすまるだろうと」

アンヌ・ドルジェルは気のりしないままにこんな気まぐれに賛成する。すぐまた、ドルジェル夫人は自分のいっていることがどんなに非常識かということを感じるのだ。異常な速度で、逆転してしまう。

「あなたのおっしゃるとおりよ。あたし、少しへんだったわ」

彼女は自分に対して腹がたった。「なぜあんな気まぐれをいったりしたのかしら？　もうはやく田舎へ行ったほうがいいのね。ここにじっといると神経が疲れるんだわ。毎晩あたしへんな気持になるようよ。あたしくらいの年のものがこんなに動かないで日をすごしていていいのかしら？　じっと木陰にすわって――」

彼女は《フランソワといっしょに》とはつけたさなかった。

――「まったく、あたしたちパリでなにをしてるんでしょう？　へんだわ、もう誰一人ここにはいないんだもの」と彼女はアンヌにいった。

この言葉はフランソワを現実にひきもどした。が、彼は夢の中にいるような気持でいたから、いじわるいことをいわれたように感じた。

自尊心をきずつけられた痛みをがまんするのはわれわれにはとうてい辛抱できないことだ。すぐ、かっと逆上してしまう。フランソワの心情《こころ》より自尊心がぐっと傷ついてしまった。それにまた、この自尊心はそれほどつよいものではなかったから、真実のことをみとめる余裕もなかった。つまり、《誰もいない》といった言葉で彼は除外されていたこと、そしてそういいながらマオはフランソワと自分とを一つにして考えていたということだ。彼はこの言葉にただ軽蔑《けいべつ》と冷酷しか見なかった。憂鬱《ゆううつ》にうすよごれた気持で彼は目をさました。(おれはあの女《ひと》をうらんだりするのはまちがいだ。いったい、自分はあの女《ひと》にとってなんだ？　こういうふうにしてくれているることだけで心からありがたいと思わなくちゃならんのだ)(パリには誰一人いない)と彼はくりかえしてつぶやいた。と、わがままな気持がまたぐっとかえってきた。(おれのほうから、こちらがよそへ出かけるといってやることにしよう)。彼は復讐《ふくしゅう》するつもりでかえって自分を罰する結果をまねく子供のやり方をまねていた。

で、冷静にかえってからも、決心したことは変えなかった。今となっては、けちくさい自尊心にかられてそうするのでなく、あのマオの言葉を聞いた以上、自分はあの人のそばを離れなければならないと思うのであった。ヴェニスへドルジェル夫妻に会いに行くことだってけっしてできないことでない、と考えた。

読者はフランソワを考えの動きやすい男だと思われるかもしれない。これは、彼が恋をするのに都合よく生れついているということのもっともいい証拠なのだ。

ヴェニスという考えにゆきあたると、すぐ悲しい気持は跡かたなく消えた。出発することはもう少しも恐ろしくなく、待ち遠しいほどだ。わかれるという考えがマオとヴェニスで再会できるのぞみでかくされてしまった。一月のあいだ彼女から遠くはなれて暮すことも、切符を買ったり旅券の出るのを待ったりするような、旅行に先だちその喜びをあらかじめ感じさせるところの手順としか思われなかった。

午後、マオと二人きりで庭にいて、新しい空想にひたっていたフランソワは、前の日あんなに熱心に出かけたいそぶりが見えた旅行のことを彼女が少しも口にしないのであてがはずれた。マオのいった言葉からうけた衝撃のことは忘れて、ひたすらヴェニスのことばかり思っている彼は、まるで約束したことを思い出させようとするように、昨日の言葉を思い出させようとつとめていた。ついに思いきって、オーストリアへはいつ発《た》つのかとたずねた。マオはぞくっと身ぶるいした。彼女はきのうの決心をすっかり忘れてしまっていた。「だって、あたしはっきりしたことはわからないの」と口ごもりながらこたえた。

相手の狼狽《ろうばい》ほどわれわれを大胆にするものはない。

「僕は二日後にバスク*地方へ行きます」とフランソワはいった。「切符はもう一週間前からとってあるのです」

マオが彼女の言葉のせいで彼が旅に出るのだと思わないようにと、子供っぽい心理作用から、こんな嘘《うそ》をつけたしたのだ。

「おひとりでお発ちになるの？」

「そうですよ」

びっくりしたドルジェル夫人は、彼は誰か女をつれてゆくのだが、その名前をかくしたがっているのだと思った。その女とは誰だろうと考えた。すぐ、（あたしが知っているはずなんかない）と、ほとんど自尊心をもって心にいった。それから、なお思うのだった。（おかしいことだ。このひとはあたしたちのいちばん仲よしの友達なんだ。それに、このひととの生活のことをあたしたちに一つ知ってやしない）

彼女はきつい嚙《か》み傷のようなものを感じた。彼女はそれを好奇心だと思っていたが。

これほど敏感なドルジェル夫人がこのような粗《あら》い糸のもつれを解きほぐすことができないのは不思議だ、と人はあやしむかもしれない。が、わが心の錯覚のいくつかを甘やかしすぎた彼女はそういうものを自分にかしずく奴隷《どれい》にしてしまっていた。そして、そういう錯覚はますます彼女におとなしくかしずくのだった。

嘘はマオの第一衝動になってしまっていた。悲しいから陽気に見せかけた。アンヌが庭にいる彼らのところへ来た。彼は郊外散策をすすめた。フランソワは急に旅行をやめたい気になった。マオのいつわりの陽気さが、この旅行のことなどすっかり忘れてしまっているように思わせるし、もうあれはどうでもいいよしなしごとにしてしまってさしつかえなさそうな気がしていた。ちょうどそのとき、彼女がアンヌに彼の出発のことを知らせて、フランソワにいまさら考えを変更できなくさせてしまった。

（要するに、旅に出たほうがいいんだ。でないと、この人たちの出発するのを自分はいくじなく待っていたという結果になりそうだから）と彼は思った。

セリユーズ夫人もマオと同じような疑いをいだいた。彼はさびしい所へ一人で行ったりはめったにしないから。

フランソワはドルジェル夫妻が停車場へ見送りにきてくれるかと少しあてにしていた。マオもそのことを考えたが、遠慮の気持でいい出さなかった。ドルジェル伯の友情は、さすがに、なんのまわりくどいことも考えず、率直だった。

「私たち見送りしようよ」といった。

マオは、フランソワが即座にそれを承知するのをみて、うれしかった。

(あのひとがなにかあたしたちにかくれてするように疑っていたんだけれど、あたしばかだった)と彼女は思った。

出発の日、フランソワは母には朝のうちにわかれのあいさつをした。こうして、あとは長い一日をドルジェル家ですごすことができた。マオとフランソワはあまり口数をきかなかった。マオはいままでよく無意味な言葉をいって彼がなににもまして大切に思っている沈黙をやぶってしまうのだが、きょうはそうしないのをフランソワは感謝していた。だが、アンヌ・ドルジェルはこの沈黙のうちに旅の出がけにかならずつきまとう憂鬱を察して、すこし陽気にしてやろうという気になり、邪魔をした。

出発はわれわれにある種の感傷《やさしさ》をゆるしてくれる。プラットフォーム以外の場所でハンカチをふる人間はまさに狂人《きちがい》だろう。ドルジェル夫人はすこしの恥じらいもなしに、ごく自然に、友情をあらわした。フランソワも彼女にこたえていた。この顔を今度見るのは新しい土地、ヴェニスにおいてだと幾度も幾度も心にえがきつつ。

列車は出発しようとしていた。フランソワはしばらく前から、親しい女《ひと》の手をにぎっていた。彼女は、アンヌがそばにいるので、その手をひっこめにくくなっていた。ドルジェル伯はいまにも《どうして、君はいとこを接吻しないの?》といいかけるやさきだった。その瞬間、二人は接吻しあった。フランソワは自分の腕がそのまま開かなければいいと思った。頰《ほお》の上にしたこの接吻は、なんと前のときの接吻とはちがっていたことか！　なんとそれはあつらえ品でなかったことか。そして、アンヌはすっかり外にのけ者にされていたことよ！　ドルジェル伯は、とにかく、気がつかぬほどに顔をよそにむけていた。

夫と妻は黙って外に出た。アンヌはいった。「こんなにはやく夕食してしまうと、手持ちぶさただ。なにをしていいか」

マオは、彼女の今のとりとめない漠《ばく》とした気持に、こういう単純なはっきりした説明をあたえてくれる夫に、感謝した。

「鶏みたいにこのまま寝てしまうのかな？」

「あなたのお好きなところへ行きましょうよ、どこだっていいわ」

夫妻は曲馬《メドラノ》へ行った。

危険な曲芸に伴奏する太鼓の音を聞きつつ、ドルジェル夫人は気が遠くなるように感じた。しかし、幕あいまで席を立つことをよくこらえた。

「あなたはずいぶん早くあるくね。追っつけやしない」とアンヌは廊下でいった。

マオは、街路で見当ちがいをした男から耳にするのも恥ずかしいことをささやかれた女のように、どんどん足をはやめた。彼女の場合、そばに追いすがって言いよってくるのは、思い出なのであった。

フランソワは、一人で、退屈しなかった。彼はその孤独と無為の生活を、怠け者たちさえしなくてはならぬ義理を感じているような数多くの遊びごとでみたす必要がないのであった。早朝の陽《ひ》ざしが鎧扉《よろいど》にあたるかあたらないかに、(また一日すぎた)と思う。すぐまた夕方ではないか？　が、こうして一日一日すぎることで少しも悲しくなかった。フランソワ・ド・セリューズは、泳ぐ人が浮身《うきみ》をしているように、今いる場所の安静な気分にふわりと浮いているのだった。なにもかもすべてが彼に静穏の教訓をあたえようとしている様子ではなかったか？

ある夕方、フランソワは自分の部屋の木づくりの露台《バルコン》から、松林の燃えるのを見た。彼は狂人のように砂浜の上へおりた。問いをかけた相手の漁夫があまりびっくりした様子なので、フランソワは恥ずかしくなった。漁夫のほうが正しい見方をしていたのではないか？　フランソワは彼をまねることにした。そして、この火事を夕焼を見るように眺めた。

ここへ来てから一度も、フランソワはドルジェル夫人に手紙を書かなかった。出発の日の沈黙をそのままつづけていたい、といったふうであった。しかし、恋は彼を多くの価値が逆になっている世界に住まわせていたので、彼はへんに疑われてはと思って手紙を書いた。ドルジェル夫妻がこの沈黙を友情にそむくといって非難しはせぬかと思ったのではなく、このように黙っていては自分の恋を暴露するのでないかという心配から書いたのだ。

ドルジェル夫人はすぐ返事をくれた。いま夫妻はヴェニスに来ていること、出発前にセリューズ夫人に会ったことをいっていた。息子に対する友情からばかり彼女とつきあうのでないことをしめすために、フランソワの母を招待しようと思いついたのは、アンヌだった。こういう気づかいはセリューズ夫人の心をうごかした。フランソワへの手紙の中で、彼女はドルジェル夫妻のことを書いてきた。夫妻の友情をおろそかにせぬようにと注意してあった。手紙の様子で、フランソワは自分の心の中を母にさとられたかと思った。しかし、パリにいたらきっと感じたにちがいないつらさをここでは感じないばかりか、母に感謝さえした。彼はまたマオのことを手紙に書いておくった。母が彼のいだいている恋を察してしまうかと思うほど、幾度もそういうことを書いた。母からは前にもまして、どのような場合にも友情の義務に欠けるようなことがないようにといましめの言葉だった。

遠く離れていると誰かれの区別《みわけ》がつかない。みんなよく似て見えるからだ。別離はへだてをつくるとはいうものの、それはまた別のへだてを除きもする。

というわけで、面とむかっているときは自分の内に閉じこもっていたセリューズ夫人とその息子は、たがいに希望をあたえるような情のこもったやさしい手紙をやりとりした。文字と言葉、もっと正確にいえば不在とそばにいることとのあいだのこの相違は、いったい心のどういうはたらきと考えていいのか？　離れているほうが自分をかくしやすいようにちょっと見える。事実はまさにその反対だ。ドルジェル夫人は自分の手紙の調子がどんなものだか、まるで気にとめていなかった。そういう手紙は、しばしば、マオがそばにいるときよりフランソワを幸福にした。もとよりいささかの希望さえ彼にあたえるようなものではなかったが、しかしその手紙には、フランソワの解釈ではパリでは通用しないといえるような、率直さや信頼の気持がこもっていた。フランソワが遠くにいると、マオはもう少しも自分を警戒しなかった。近くにいっしょにいるより楽しいこの手紙の上の交際によって自分ではそれと気づかずに幸福になっていた彼女は、この幸福を現にそばにいる人、つまりドルジェル伯のおかげで得ていると信じているだけに、よけいに安心しきっていた。したがって、アンヌはこのときほど妻のことで自惚《うぬぼ》れていいことはなかったのだ。

彼は、異国の親戚《しんせき》がフランスのドルジェル一家を歓待するために呼びあつめてくれるウィーンの人びとのあいだで妻が誰にも好かれる様子を見て、ますます彼女を愛した。

アンヌはあまり手紙をよこさなかった。ときどき、マオの手紙の余白に一行ばかり書きたしていた。フランソワはそこにマオのやさしさの公認のようなものを見た。

離れて生活しているあいだ、フランソワにはなにもかも気らくで幸福のように思われた。しかし、彼はただ一時的な、偶然の事情の中に、安定したものを身につけようとしていたのだ。

そうこうするあいだに、転地生活中らしい一小事件が起って、マオに、自分の心はすっかりアンヌのものだと思っていたことの誤りを確かにしてくれた。

夫妻はまだウィーンの近郊に住んでいた。『インターナショナル』は、もう久しく以前から、それも思わぬところで調印されていたのだ。お客に来ているのは、愛する一族の人びと、パリ、フランスなのだ。召使同士が争ったとしても、主人たちが仲たがいすべきだろうか？　オーストリアのドルジェル一門はこういうふうに戦争を判断していた。

今われわれはヨーロッパの老衰期を目前に見ている、ということもできよう。この大陸のこのような悲劇的な時期においては、軽佻《けいちょう》浮薄な挙動は、ポール・ロバンのような人物の目には、ゆるすべからざるものと映じる。それは間違いだ。こうした混乱期においてこそ、軽佻や放縦がもっとも理解されやすい。明日になれば他人の手にわたるものを、人は狂暴なはげしさで享楽《きょうらく》しようとする。

アンヌの天性はこのような浮薄な雰囲気に目をまるくして驚いた。アンヌなどは、もうじつにわなに落ちやすい獲物《えもの》だ。フランソワがあらわれて以来、彼は自分の浮気っぽい性質をいくらかかくしていた。が、フランソワがそばにいなくなると、そういう性質をまたとりもどした。ウィーンではそのような衣裳《いしょう》が今流行だっただけにますますいい気になった。

以前には、伯爵《はくしゃく》は妻にかくれて、ちょいちょい浮気をするのは平気だった。妻がなにも知らなければ、それで十分彼の良心は平静だった。べつにはげしい欲情にかられてそういうことをしたのでない。こうした浮気から彼はそれほど大きな快楽を得てもいなかった。アンヌがマオを裏切ったのは、もしこういう言い方が強すぎなかったら、義務のためだといってよかろう。彼にとっては、そういうことをするのも、彼の上流人の職業の一部なのだ。それによって、ただ虚栄心のよろこびを得ているだけであった。

ちょうどそのころ、アンヌ・ドルジェルの親戚の別荘に、美人で有名なあるウィーンの婦人が来ていた。この女《ひと》がアンヌを好きになった。彼女はそれをはっきりしめした。この好意は彼をよろこばした。女のほうで期待しているようにすぐにも応じたいところであった。しかし、恋のいとぐちをすらすらとはかどらせるこんな別荘内の生活は、その最後の結末をつけるのにはまたたいへん不便なのだった。アンヌ・ドルジェルはさすがに妻のすぐそばで不貞をはたらくほどの不義理はしかねるのである。そこで、パリでならちょっとした気まぐれ以下のもの、自尊心のよろこびにすぎない程度のことで、ドルジェル伯はいろいろ気をもんだ。

やがて不満を感じたウィーン婦人は自分にあてて故意に電報をうたせた。チロルにある自分の所有地へ急用で発《た》つということにした。ドルジェル夫人はべつに名残りおしく思わなかった。彼女はこの一件のことはなにも知らないのだ。が、彼女がこの婦人を理由もないと思いながらきらっていたのはやはりそのためだったかもしれない。

恋というのはなんという微妙《こまか》な心づかいをさせるものであるか！　ことさらアンヌに近づこうという気もなかったマオが、またはっきりと彼に近づいていった。しかし、彼女が夫にむかってすすみよったこの二歩は、アンヌのほうで二歩あとへ遠ざかったために、それに合わせてあゆみよったのではなかったか？

孤独の中にいるフランソワ・ド・セリューズは、すべてのことを気品と洞察力をもって判断しているつもりだった。自分の友情や判断を再吟味しようと思っているのだが、これは危険な遊戯にふけることだった。マオまでがこの調査からまぬがれえなかった。フランソワは、自分がこの女《ひと》をけっして天使や妹のように愛しているのではなく、男が一人の女を愛するように愛しているのだということをみとめねばならなかった。パリでのあの幸福感はあいまいな関係からきていた。彼女の前にいるときの遠慮から解放されて、いま真実とこうしてじかに向きあっていると、彼は絶望した。彼は砂浜の上を散歩した——（おれがマオをそういう気持で恋しているなら、それはつまりアンヌを裏切りたいと思っているのだ）マオの態度が、アンヌに対する友情をまもってくれる唯一《ゆいいつ》の防禦《ぼうぎょ》手段だと思われた。自分を悪い友人だと思わないために、彼は自分を絶望させているものを利用した。自分はマオにいだく愛とは別に、アンヌを好いている、マオがいなくともアンヌにひきつけられたはずだ、と幾度も心にいってきかせた。（アンヌは愉快な人間だし、おもしろい。彼は、その長所もへんなところもひっくるめて、その子孫たちが日ごとに普通人と同じようになってくる長い年月をへた種族を代表している。おれがポール・ロバンにいじわるいことをしたのも、アンヌの魅力におれが負けたからじゃなかったか？　おれは貴族特有の滑稽《こっけい》な偏見をもっているのだろうか？　生れのよくない者を軽んじるのは、おれの愛する対象《もの》から生じる魔術だろうか？　これもまたばかばかしい考えだ！　人間に生れのよくないなんてことがあるか？　ポールの生れはアンヌの生れと同じでない、ただそれだけのことなんだ）

フランソワは孤独が自分をきれいにきよめてくれるものと信じていた。情熱にかられずに判断するのだから、より正しい見方ができるつもりであった。たとえば、ポールのことに関しても、われわれは社会に若干の譲歩は当然なすべきで、あまり無理な要求をすべきでないと感じた。彼がいつかジョゼフィーヌのことでおこった逸話を話したときに信じない顔をしたポールに反感をもったのはわるかったと、後悔した。

フランソワは外務省にひきとめられているポールと通信していた。正直のところ、この男に手紙を出したのは、いろいろ感情のうえで気をつかったためではない。彼はイタリア行きの旅券がほしいのだ。ポールはまた彼で、フランソワに対してすまないというような気持があった。自分たちの仲が少しまずくなったのを惜しむような気持だった。彼にその責任があるのではなかろうか？　フランソワとドルジェル夫妻が親しくなったことを、相手の気をわるくさせるような、軽率な判断の仕方をしたのではなかったか？　近々《ちかぢか》に彼は休暇をとることになっていて、一、二週間ほどセリューズのそばですごしに行きたいが、といってよこした。

友人が来るとすぐフランソワは、この男がいつもよそおっていたあの無頓着《むとんじやく》な様子を失っているのに気がつき、その理由をきいておどろいた。ポールは、あのロバンソンの夜以来、エステル・ウェインの愛人になってしまっていた。心とは没交渉なこの恋愛をこんなに進行させたのはまったく怠惰と虚栄心からなのだ。愛していないエステルのためにポールは別のほんとうの恋愛をぶっこわしてしまった。彼はまだ白状はしていないが、この恋愛は《社交界》とは縁のないものだから誇りには思わず、エステル・ウェインとの情交のほうになにか虚栄心をみたすものを感じていたということもあるのだ。

ところで、エステル・ウェインはこの関係を真剣にかんがえて、世間にかくしていた。そのことはポールの思惑にははまらなかった。そのうえに、恋のためで嫉妬《しつと》ぶかくなり、ポールになにかうちとけぬものを感じた彼女は、まもなくほんとうの恋愛のほうを見破ってしまった。その恋人《おんな》の名まで知ってしまった。こちらはポールを愛して、そのために夫と別れまでした町家の女性だった。エステルは自分が愛されているという自信があった。ポールは彼女といっしょにいると憂鬱《ゆううつ》だった。彼女は男のこの憂鬱は別の女との関係があるためで、そのほうとはっきり切れる勇気がないからだと思った。なにもいわないで、彼女はこの仕事を自分がひきうけることにした。

ポールの愛人はいままでだまされていることをまるで知らなかった。男が今ではいとわしくてならない。彼女は悲劇的に縁を切った。エステル・ウェインのこのやり口を見てポールはすっかり驚き、自分はあなたを憎む、いままで一度も愛したことはない、もう二度と会いたくない、と彼女にいった。

彼は二人の女を同時に不幸にし、自分も苦しんでいた。彼は一人ぼっちで、とりのこされたように感じ、愛している女性をとりもどそうということしか念頭になかった。自分のことを嫌悪《けんお》をもって語り、これからは貞潔にする方針をたてていた。ポールがフランソワのところへいそいでやってきたのは、もっとも他人にうちとけない者の心でも誰かにむかって開きたくなるような、こういう苦悩におちいっているときだった。

ポールのうちあけ話にさそいこまれて、フランソワも自分のことをうちあけた。自分がドルジェル夫人を希望のない愛で愛していること、しかも夫伯爵への友情からいえばこの恋が別の形にならないことをねがわずにはおれぬ、ということを話した。二人の友はたがいに相手のいうことに賛成しあった。以前にはあんなにしばしば架空の悪行を語りあって相手を眩惑《げんわく》しようとつとめたこの共犯者同士が、前ならば笑うべきだと考えそうな感情をもつことを競争するのはおもしろかった。誠実とか、自分自身と相手の人への尊敬だとか、味覚のない者にだけつまらない味気ないものと思われるあの夾雑物《まざりもの》——義務などといった感情である。

しかし、この新しいポールの中に、フランソワは一歩すすむごとに、むかしの本当のポールを発見するのだった。

ポールはフランソワにヴェニス行きの旅券をもってきてくれた。セリューズからヴェニスでドルジェル夫妻に会うつもりだと聞くと、そこへ同行しないかと相手がさぞうまでなかなかうるさいことなのだ。フランソワは友達の率直でない態度をおもしろく思った。ポールはもっとも秘密にしている悩みをうちあけた後、今またこの告白をかくそうとするふうなのだ。まるで、ヴェニスはドルジェル夫妻とフランソワの所有地ででもあるような言い方で。

マオはあいかわらずフランソワに手紙をよこしていた。それにはイタリアのことは少しも書いてなかった。

ぴったり心と心が合っているように一見思われる共通の着想、その一つの実例で、アンヌもマオも共にヴェニスへは行きたくないらしかった。どちらも相手から気持をはっきりいい出すのを待っていた。無言の同意、ほとんど一言もそのことをいわずに、夫妻は旅の路筋《みちすじ》を変更した。マオとフランソワのあいだをへだてうるのは、もう里程《キロメートル》だけではなかったか？　彼女はしばらくアンヌと二人きりで生活したいと心にいっていた。ヴェニスへ行けばパリにかえったと同じになる。アンヌ・ドルジェルのほうでも、オーストリアがすっかり気にいっていたから、ドイツ経由でかえることしか考えていない。これらの国は、まさにその財政危機のために、アンヌの信じられないほどの浮薄さにとっては、まるでお伽《とぎ》ばなしの国のように思われるのだった。子供のようにはしゃいで、こまごました買物をするために必要な札束をぎっしり袋につめてもち歩いた。

ドルジェル夫人がフランソワにあてて、都合でイタリアへは行けなくなったと知らせてやったとき、夫妻はもうドイツに来ていた。フランソワにはこういうことが起るのを予想する暇があった。彼の苦痛は、この旅行であてにしていたよろこび、前もって味わってさえいたよろこびのつよさにくらべて、そうはげしいものではなかった。

マオの葉書は、いかにも当惑したようで、ねんごろで、自分たちの違約をいろいろ詫《わ》びようとつとめているので、もうこれでほとんどフランソワの苦痛はつぐなわれるように思われた。（けっきょく、あの人たちはパリへはやくかえることになる。おれが望んでいるのはなにか？　あの女《ひと》のそばにいること、自分一人でいること。今は誰もかも、ヴェニスに行っている。だから、おれはパリにいるほうが、あちらにいるより幸福なはずだ）

心が非常に幸福をもとめていたから、彼はあいにくな故障の中にさえよろこびのたねを見いだすのだった。

ポールひとりヴェニスにむかって出発した。彼がそこで出会った最初の人はエステル・ウェインだ。彼は彼女と仲なおりした。

ドルジェル夫妻はフランソワが思っていたほど早くはかえってこなかった。二月《ふたつき》もマオと会わずにすごすと、パリを発《た》つときにわかっていたら、とうていそれは彼に辛抱できないことであった。しかし、希望は彼を苦しめもせずに九月の末までひっぱってきた。マオはドイツから、いよいよかえると知らしてきた。フランソワは帰り仕度をした。

母に再会するよろこびがこんなに大きかったことはない。セリューズ夫人は、彼のつよい抱擁から驚きつつ身をはなした。

「あんた、顔色がよくないよ」と彼女はいった。

この言葉で、母子《おやこ》のあいだにはまたもとの氷のようなものが張ってしまった。彼は絶望した。マオのことをつい考えるからだ。

（あちらも、やはりこんなことになるのか？）と心につぶやいた。

ドルジェル夫妻は、もう二日前から、パリにかえっていた。旅行中はマオと再会することを思うとじっとしていられなかったフランソワが、今はまた心配でたまらないのだ。

「また、もう出かけてゆくの？」と昼食後に母はいった。

「ドルジェルさんがパリにかえっているんですよ」彼はめったにないような生真面目《きまじめ》さでこたえた。ドルジェル夫妻のところへ駆けつけるのは、自分にとっても母にとっても同じくらいに当然なことのような口調だ。

「ずいぶんいそぐわね」と彼女はいった。そして、つけたした——「たいへんご熱心だこと！」

彼女は黙った。それきり言葉がぷっつり切れた。息子の目つきを見て、ついうっかり口からすべらしたなんでもない一言で、真実にふれてしまったことがわかったからだ。

（いけない、いけない——とフランソワは後悔の気持で思った。——手紙で思うことをそのまま書いてしまったからな。やはり黙っていなくちゃいけない）

こうして、両側で、また冷やかな態度にかえってしまった。

前ぶれなしにドルジェル家をたずねていってもいないということもありうるのに、フランソワは出かけていった。マオが家にいなくても、できるだけ遅く、そのことを知りたかった。二月《ふたつき》のあいだ彼女とはなれて生活することをがまんした彼だが、すぐ身近かにその女《ひと》を感じている今は、その日のうちに会えないということは、気絶でもしそうに苦しいことなのだ。

外からだとドルジェル邸はさびしく見えた。夏の眠りからまだはっきり覚《さ》めないような様子だ。

マオはひとりでいた。

セリューズの名を聞くと、彼女は立ち上がって、まるで銃弾《たま》に撃たれた人のように、ふらふらっと歩みよった。フランソワは昨夜も会った人のように手に接吻《せっぷん》した。抱いて接吻してもよかった、と彼は思った。(アンヌがいないからな)――彼は自分の気持をこういう形で説明した。事実、アンヌの不在が邪魔をしたのだ。アンヌ・ドルジエルがそこにいたら、彼はマオを抱いて接吻したであろう。

アンヌは狩猟に出かけていて、翌日でなければかえってこないのだ。彼女は旅疲れでいっしょに行かなかった。

フランソワはほとんどマオを見ないようにしていた。彼は客間の様子を一とおり眺めた。自分の落着かぬ気持の物質的な原因をさがしていた。この瞬間をあんなに楽しみにしていたのに！　彼が変ったのか？　彼はまだ愛しているのだろうか？　この部屋の温味《あたたかみ》をもう今では感じないのだ。

「雨が降って庭に出られないのが残念ですね」と彼は心にあることをついそのままいった。

「ええ、残念よ」とマオはぎこちない微笑をうかべつついった。

部屋の中に二人きりで閉じこめられることなど、いままで一度もなかったことだが、彼らはなにを話していいかわからなかった。なにか一つ役割を演じなければならない、そしてそれをどういうふうにやるかはまだよく練習してない、二人ともそういう気持だった。無頓着ということは即興にはできないことだ。このとき、セリューズは自分の恋につきまとう不可能なものを理解した。

マオと彼は、さしむかいでいながら、のびのびした気持になどまるでならず、どちらもドルジェル伯のことを考えていた。普通ならば、そばにいるのが恋人たちをきゅうくつにする人間のおらぬことが、かえって彼らをきゅうくつにするのだった。

夜になってきた。彼ら自身がすでにぼんやりかすんだ気持になっていたので、それに気がつかないでいた。召使がはいってきた。おやつをはこんできたのだ。そのときはじめてドルジェル夫人ははっと目がさめ、あたりが暗いのに気がついた。

まるでこの召使に暗くなったことの責任があるように、しかるような語調で、燈《あかり》をつけるようにいいつけた。

低いテーブルからフランソワはアルバムを一つとり出した。「それでもごらんなさいな。たいくつしのぎに」とマオはいった。これはずいぶん自信のない言葉であった。自分には相手をたいくつさせないでおく力がまるでないように、彼女は感じていたのだ。

アルバムにはまだ整理してない夏の写真がはいっていた。そこにうつった顔の多くはフランソワの知らないものだ。「これは誰ですか？　美しい女《ひと》ですね」と例のウィーンの女性を見て彼はたずねた。(このひとまでが美しいと思う。いったいあの女のどこがいいんだろう？)とマオは思った。

彼女は嫉妬《しっと》を感じた。彼女は、これはこの肖像が自分に不愉快な思い出をよびさますからだと思った。(というのは、彼女の意識せざる偽りの心理作用は、彼女の嫌悪の理由を突如として明らかにし、この女性がアンヌに対してとった手練手管《てれんてくだ》をはっきり目に見えさせたのだ)彼女はすぐ平静になった。これは当然のことではなかったのだが。

アルバムはフランソワを気づまりな気持から半分はすくってくれた。どの写真を見てもアンヌがいちばん前のところにかならずちゃんと写っていたのだから。

フランソワは休暇前と同様にドルジェル夫妻に会った。たしかに、マオとの再会よりアンヌにまた会うことにくつろいだ気持があった。伯爵《はくしゃく》はオーストリアやドイツから、シガレット・ホルダーや繰出し鉛筆を買ってかえった。そういうものをくれながら、彼はフランソワにいうのだった。「為替相場のおかげで、まるでただみたいな値で買ったのさ」贈物の値打ちをこんなふうに誇示するやり方は、相手がポールなら相当効果があっただろう。

フランソワはまた虚偽の安静状態におちいってしまった。だが彼のほうが現在の瞬間にひきずられてずるずる生きつづけているに反し、ドルジェル夫人のほうは、すぐもう決心してしまった。

そうだ、彼女は決心していた。が、どういうふうに？　それは彼女自身にもまだはっきりとはわからないのだ。

では、なにが彼女をこんなに急に変化させたのだろう？

言葉は大きい力をもっている。ドルジェル夫人は、自分のフランソワを好きな気持に、自分勝手な名をつけることができると信じていた。そこで、彼女は一つの感情に抵抗することより、その感情に本当の名をあたえることをよけいにおそれたのであった。

いままで義務と恋愛を並行してうまくさばいてきた彼女は、その純真さのうちに、禁じられている感情はこころよくないものだと考えることができたのだ。だから、自分がフランソワにいだいている感情を誤って判断していた。その感情は彼女にとって快いものだったからである。いまや、影のうちに孵化《ふか》し、やしなわれ、大きくなったこの感情がはっきりその正体をあらわしてきた。

マオは、自分がフランソワを愛している、とみとめざるをえなかった。

彼女がいったんこの恐ろしい言葉を自分にいってきかせると、もういっさいははっきりして見えた。最近数カ月のあいまいなものが消散した。が、あまり長いあいだ薄明りの中にいたあとで、この白昼のような明るさは彼女を盲にしてしまった。もちろん、彼女はもとの霧の中へまたかえろうとは考えなかった。彼女は即刻にもなにかしようと思っていたのだ。しかし、どうしていいのか、誰に相談していいのかわからなかった。この見すてられた女は、かわるがわる、アンヌとフランソワの顔を見ていた。

このじつに深刻なときに、アンヌは自分がかねて計画して妻にも話したことのある仮装舞踏会のことをフランソワに相談していた。

「今はそういうことをする時期じゃなさそうだけれど」とマオはいいにくそうにいった。

「あんたは遠慮しすぎるんだよ。(と、夫はこたえる)それァ、十月には世間じゃあまりはでな宴会はやらないさ。だけど、わたしたちがやったら、みんなはそれにならってやりますよ。うちの舞踏会がシーズン開きになるってわけだ」

ドルジェル夫人はたえまなしの苦悩の中に生きていた。夫に助けをもとめるには、あまりにも彼から離れてしまっているように感じられるのだ。むしろフランソワに訴えるほうが当然のような気さえした。羞恥心《しゅうちしん》はそんなことをする決断をさせかねた。フランソワがけっして知ってはならないことを告白せずにおいて、彼にこうしてほしいと思うことをどうしていえるか?

彼女の全身が、いまこの女《ひと》を舞台にしてその上でおこなわれている残酷な争闘を反映していた。彼女はもうあの美しい血色をうしなってしまった。しかも、フランソワはこういう蒼白《あおじろ》い顔色にしてしまったのが自分であることを、ゆめにも知らなかった。彼の恋はまたまたつのる一方だった。(あの女《ひと》、幸福でない様子にみえる。なぜだろう? あの女《ひと》はアンヌを愛している。たぶん、アンヌのほうであの女《ひと》を、あの女《ひと》ののぞむように愛さないからなのだろう)そして、愛と友情のからみ合いから、たいそう奇異な結果が生じて、彼は自分のアンヌに対してもっているすべての影響力を用いて、妻をもっと愛するようにさせようと決心した。なぜなら、もしアンヌがマオを不幸にするようだったら、彼に友情をいだくことはできまいとフランソワはまだ感じていたから。

ある夜、ドルジェル夫人がいつもよりなお気分がわるそうに見えたので、驚いたフランソワは、彼女が部屋へしりぞいてから、ドルジェル伯に心配をうちあけた。

「マオさんはどうもからだがわるいようですね」

「ああそう思うだろう?」と、アンヌはほっとしたようにこたえた。「君だって気がついたんだ。まったく僕は心配でたまらない。どうしていいんだか。自分じゃなんともないとはっきりいうし、ね。どうも処置に困っちゃう。僕がじっとそばにいるのが神経にさわる、のかもしれん。といって、心配だからね。一人でうっちゃっとくわけにはゆかず」

フランソワは、自分の予期していたのとすっかりちがった人物を前にして、アンヌが妻をよく愛さないなどと思ったことが腹だたしかった。

「それに――」と、ドルジェル伯はつづけた。「マオはじつに若いんだから、もっと活潑《かっぱつ》に動くことがぜひ必要なんだ。いまシーズンはまだはじまらない。いずれみんながパリにかえってにぎやかになったら、気分もはれるだろうよ。だって、あの女《ひと》はすこしも僕の計画を助けてくれないんだものね。気晴らしをさそうと思って、例の舞踏会だって思いついたんだが、あのとおり冷淡だし。ある人が紹介してくれて、はっきりした名のない病気をよく治療するという医者のところへつれてゆこうとすると、いやだというしさ」

（僕はどうしていいかわからんよ）とアンヌ・ドルジェルはくりかえす。フランソワもまた、自分の手でどうもできない無力を嘆いていた。

その夜、心配そうにたずねる伯爵に、マオが「なんでもないのよ、なんでもないの。ほんとうに」とこたえると、アンヌは高い声でいった。「あなたのへんな様子に気がついているのは私一人じゃないよ。私がなにもいわないのに、フランソワもそれに気がついて驚いているほどだから」

ドルジェル夫人はもうだめだと思った。もういままでぐずぐずのばしすぎていたのだ。危険がこれほど間近かに感じられたことはなかった。彼女は決心した。つぎの朝、彼女はセリューズ夫人にあてた手紙を書いた。

いうのにあまり簡単すぎることは、明瞭《めいりょう》にいいあらわしがたいものだ。彼女は夫人にどうか助けてくださいと頼んでいた。突然、彼女はかんじんの自分の恋をまだ告白していないことに気がついた。彼女は手紙をひきさいた。できるかぎり心をこめた、またごたごたとして複雑な告白を書くことにとりかかった。

こんな不安な気持を自分は経験したことのないセリューズ夫人は、これはややっこしい手紙だと思った。貞淑と美徳はおそろしいほどの無理解の状態に人をおとしいれることがある。夫一人しか愛さないという幸福にめぐまれたフランソワの母は、夫婦の愛情以外には確実な愛情というものを信じなかった。夫のほかの男を心の中にしたっているなどというのは人間のすることでないようにさえ思っている。いったいこれはどういう意味なのか？　自分を破滅させないためにおのれの罪を告白している一人の女。セリューズ夫人は、人生はそんなに単純なものでないこと、貞操の顔はただ一つではないことを、やっと理解した。彼女は手紙を読みかえした。(こんなことになりそうだとわかっていた) と心にくりかえしつつも、自分の目が信じられなかった。

セリューズ夫人は手紙をもってきた黒人女中のマリをよびよせた。マリはつぎの間で待っていた。「奥さんは夕方ごろにはおうちにいらっしゃるの？」在宅だという返事を聞いて、(じゃ、向うではあたしの訪れてゆくのを待っているのだ。あたしが思ったよりこれは重大なのだ) とセリューズ夫人は思った。重大というのは、フランソワにも責任があるという意味なのだ。つまり、彼女はこれからドルジェル夫人に会いにゆくのだが、それは同情からというのでなく、校長さんからしばしばたいした意味もない手紙をもらっても息子がきっとなにか悪いことをしたのだと信じきって学校へかけつける母親の気持からだった。

ドルジェル夫人は手紙を書いてからは少しは気持がかるくなっていた。これを書くのに心をけんめいに張りつめたことで、事柄の悲劇的なものがすこしまぎれたのだ。彼女が平静になったといえば、思いちがいもはなはだしい。が、なにか行動したという満足感があった。数日来のような病的な状態ではもうなかった。たぶん、この気持の安らぎは、ほかのことよりも、自分の恋を告白したことから生れたのであろう。要するに、誰かがこの重っくるしい秘密を共に分ちあってくれたのだ。彼女の羞恥心が満足したのではなく、恋が満足したのだ。たぶん、彼女は自分のこの決心によってすっかりうちのめされた気持になってはいなかった。というのは、これはまだ真の決心ではなかったからだ。

汽車の中でセリューズ夫人は手紙をまた読みかえした。

《奥さま、

こんなに急にお手紙をさしあげることで、申しあげることのただごとでないのをきっとお察しくださるかと存じます。それにしても、事実がどんなことかはとうていご想像にはなれますまいと思います。わたくし自身、いまから数日前には、まったく想像つかなかったのでございますもの。わたくしが今おちいっている危険をご承知になったら、あなたにご助力をもとめるなどというのはいかにもぶしつけなことだとお考えになるかもしれません。

夫があなたのご子息に親しくしはじめましたさいしょごろから、わたくしは自《う》家《ち》の多くの友人のなかで、あの方をいちばん好いていることにまもなく気がつきました。わたくしはべつにふかく心配もせず、そのようなことを気にすることこそ考えすぎなのだと思いました。もうすでに、無意識に、悪いことをしているわけでございました。シャンピニーでの小さな出来事が、なおそのうえに、わたくしの良心を安心させるようにしたのです。フランソワは友人以上の人なのだ、親類筋なのだ、という考えにあまりに頼りすぎて、自分のあの人を思う気持はただもう当然のことのように信じていたのですもの。

わたくしは盲目でした。今ではもうそうではありません。わたくしがご子息に対してもっている気持には、お恥ずかしいことながら、もっとはっきりした名をあたえなければならないのです。でも、母親である方はきっと思いすぎていろいろ気苦労なさると思いますから、いそいで申しあげますけれど、ご子息にはまったく罪はないのです。あの人はすすんでわたくしの心の落着きをみだそうとなさったことはなに一つないのです。よこしまな気持をいだくようになったのは、わたくし一人でそうなったことで、こういう気持をあの方はまるで知らないのです。だいいち、わたくし一人が悪いのでなければ、どうして母上のあなたにこうしてご助力をおねがいするといった思いきったことなどいたしましょう。おわかりくださるでしょう、奥さま。あなたお一人が、わたくしからお願いできないことを、あの方に頼んでくださるだろうと思いますの。あの方がもし夫に、わたくしたちに、友情をもってくださるならば、もうわたくしたちに会おうとなさらないようにと。なぜなら、わたくしは、あの方から逃げるのでなければ、もうこの身を救うことができないのでございますから。あの方をなっとくさせるような理由は、なんとかお母さまがお見つけくださいまし。そういうことをすれば、あの方になにもかも白状してしまうことになるでしょう。でも、わたくしそれをおそれてはいません。あの方は、わたくしをこんなに苦しい気持におとしいれたということを誇りにするような人ではないと、よく知っています。さいわい、このことであの方が感じられるのは真実の友から離れるという苦痛だけにとどまるでしょうから。わたくしがいま味わっている他の苦しみにくらべれば、まだしもこれは軽いものだと思われますの。わたくしはそういう友としてとどまっていることがどうにもできませんでした。心が友情を裏切ってしまいました。ですから、フランソワさんはもうわたくしに会ってはいけません。

わたくしが勝手にこういう態度をとり、あの方を夫からひきはなそうとするそのような権利はない、またすべてをまず夫にうちあけないのは妻としての第一の義務にもとる、というふうにおっしゃらないでくださいまし。ここ数日前から、幾度もわたくしは夫にそれを知らそうとしてみましたの。でも、あの人はあまりにも真実からかけはなれているように見えて、そういう勇気がわたくしにはでなかったのです。夫はわたくしの言葉を聞こうとしてくれません。といって、夫を非難しているとおとりくださいますな。それどころか、わたくしはますます自分の罪を感じなければと思っています。夫に悪いところがありとすれば、それはわたくしにあまり信頼しすぎていることなのです。

かなしいことに、わたくしはもうなににも期待できなくなりました。信仰も助けにはなってくれません。わたくしは夫を愛するあまりあの人の無信仰の影響までうけてしまいました。わたくしの母は、娘のわたくしがこんなに自分に似もつかぬ女になると想像したでしょうか？　母にすればまったく現実にありようもないこんな危険におちいらぬようわたくしをまもってやろうなどとは、どうして考えられたでしょうか？　自分の操《みさお》をまもるのに自分一人の力では十分ではないとはわたくしいままで思ったこともございませんでした。こんなに嘆きますわけは、信頼されていながら、きょうはっきりと自分はそういう信頼をうけるにあたいしない人間だとわかったことなのです。

フランソワさんによくお話しなすってくださいまし、奥さま、おねがいでございます。あなたとあなたのご子息、このお二人にのみわたくしは望みをかけているのでございますから……》

（あの女《ひと》は事実をまだかくしている）とセリューズ夫人は思った。（こんな手紙が無造作に書けるものじゃない。あの女《ひと》はあたしに遠慮しているのだ）

マオは自分の居間でセリューズ夫人に会った。夫人以外の客にはきょうは会わないと、あらかじめいいつけてあったのだ。しばらく二人の婦人はさしさわりのないことを話していた。

ドルジェル夫人はこのような問題をさてどういうふうにきりだしていいかわからなかった。相手が黙っているので、セリューズ夫人はこう思った。（これはあたしの想像しているより、ますますむつかしいことらしい）そして、これは自分にも責任があることだと信じきって、臆病《おくびょう》そうに、まるで自分の過失だとでもいうふうに、口をひらいた。

「息子のことで、お詫《わ》びのしようもないと思っております……」

「まあ、奥さま！　なんというやさしいことを……」とマオはいった。そして心から動かされて、母親の両手をとった。

こんな足場のわるい地面の上で、この二人の純真な婦人は、スケートの初心者のように、いずれおとらぬ不器用さを見せた。

「いいえ、フランソワさんはこのことにまったく無関係なんですから」とマオはいった。これがマオのいちばん気にしていることだと信じたセリューズ夫人は、フランソワの気持がどういうものかは私がよく知っています、とはっきりといった。

「あの人、あなたにどういいました？」とドルジェル夫人はたずねた。

「だって、あたしよく知っているんですもの」とセリューズ夫人はこたえる。

「なにを？」

「あの子があなたを愛しているってことを」

ドルジェル夫人は叫び声をあげた。セリューズ夫人は、はっきりと、目の前に人間のみじめな苦悩の様子を見てしまった。マオのいままでの勇気は、すべて、フランソワは彼女を愛していないという一種の確信からきていたのだ。気ちがいじみた歓喜が一瞬彼女の顔を明るくした。セリューズ夫人がこの根こそぎにされた女が苦痛に身をさいなまれるのを見るに先だって、である。もしフランソワがこの瞬間にはいってきたら、彼女はもう彼のものになっていただろう。彼女が彼の腕の中に倒れて抱かれるのを、なにものも、母が面前にいることさえも、とめえなかったにちがいない。

セリューズ夫人にはすべてが明らかになった。慄然《りつぜん》として、すぐ彼女は気をもちなおそうとした。マオは泣きそうな声でうったえた。

「おねがいです。あたしの唯一《ただ》つのよろこびだけはのこしておいてくださいまし。それがあれば、あたしの女の義務《つとめ》をはたす力を失わないでゆけるのでしょうから。あたし、あの人に愛されているとはゆめにも知りませんでした。さいわいにあたしのこれからの運命はあたしの手でどうしようもありません。ですから、ますますフランソワさんをあたしが見ないようにしてください。あの人があたしを愛しているのだったら、どんなことでもいいからいっておいてください。ただ、本当のことだけはいわないでください。私たちはもうそれこそ破滅ですから」

自分の恋を語ること、しかも自分の愛する男の母の前でそれをうちあけることで、ドルジェル夫人はほとんど楽しい気持だった。さいしょの興奮がさめた後、やや落着いた声で彼女はまたいった。

「あの人は今夜うちの晩餐《ばんさん》にいらっしゃるはずですけれど、どうしていらっしゃらないようにできますかしら？　お会いしたら、あたし気をうしなってしまいます」

セリユーズ夫人も心底では一刻も猶予《ゆうよ》せずになんとかしたい気だった。この場面の印象のまだ消えぬうちにフランソワに話したら、説得力がありそうだった。たぶん七時に行けばフォルバック家で会うことができる。

「あれはうかがわないようにいたしましょう。お約束します」と、夫人はいった。

この場面のことを知ったらフランソワを少なからず驚かしたであろうのは、いつも冷やかなひとだと信じていた母の態度であったろう。あのような熱情を目《ま》のあたりに見たことは、彼女の中の眠っていた女性《おんな》を目ざめさした。目に涙をためていた。彼女はマオを抱いた。二人とも相手の燃えるような涙に濡《ぬ》れた頰《ほお》を感じた。ほとんど劇的といっていいようなあるものがセリューズ夫人を酔わしていた。――（このひとは聖女のようなひとだ）愛されているという確実さがマオにあたえているその静かな落着きを目前に見て、夫人はそう思うのであった。

セリューズ夫人は、壁につきあたるまでつっ走る人のように、フォルバック家へかけつけた。家の人たちの驚き、つづいてフランソワの驚きを前にして、彼女は酔いがさめた気持になった。自分の行動の軽率さがようやくわかってきた。(息子のすることになぜわたしは干渉したりするのだろう？　なぜ、狂人《きちがい》みたいに走ってきたりするんだろう？)

われを忘れたような態度をとることの誰よりもきらいな性格の女《ひと》だった。

「どうしたんです、お母さん？」ちょうど着がえをしているところへ母がはいってきたのを見て、フランソワはたずねた。

わが子の前に出ると、セリューズ夫人はいつもの冷やかさをすっかりとりもどした。そこでまた別なぎこちなさがあらわれる。

「お礼をいいますよ。あんたのおかげで、あたしはじつにいやな目にあっているのだから」

そして、一時間前にマオ・ドルジェルといっしょに泣いていた女を忘れたようなこの婦人は、手提袋《てさげ》からあの手紙をとり出して、氷のような顔で、それをフランソワにわたした。今となってはこんなみだりがましい恋愛沙汰《ざた》のどこにも敬意をはらう値打ちなどなさそうに思われ、そのために一役自分もつとめることを承諾したのを後悔していた。マオにした約束などなんの値打ちもないことという気がした。

フランソワはその手紙を読んでいた。読んでいることがもう目に見えなかった。彼は自分の幸福の信じられないほどの証拠を手の中ににぎっていたのだ。これがドルジェル夫人の筆跡であることは疑えなかった。

セリューズ夫人はまだ小言《こごと》をいいつづけていた。幸福を知ったことはフランソワを不可侵性にした。母の言葉は少しも身を深くきずつけず、上滑《うわすべ》りにすべっていった。耳にきこえさえしなかった。

セリューズ夫人は自分の心の逸《はや》りをとめてくれなかったマオをうらんでいた。ついにはマオは嘘《うそ》をいったのだとさえ疑って、腹がたった。自分の愛をフランソワに知らせるために夫人を利用したのだ、といったいじわるい考え方でマオを責めさえした。陶然と酔い心地でいるフランソワも、こういう見方に近かった。幸福が彼の目にいっさいをかくしてしまい、ドルジェル夫人がどういう目的でこの手紙を書いたかその真相を一瞬たりともさとらなかった。彼はほとんど恋がおしえる巧妙な手段に感嘆さえしていたのだ。

この手紙をくりかえしくりかえし読んだ後、フランソワはきわめて当然のことのようにそれを自分の紙入れの中にしまいこんだ。

「で、お母さんはあの女《ひと》に会ったのですか？　あの女《ひと》はどういうことをいいました？」とフランソワはいった。

「正直にいうけれど――」とセリューズ夫人はしめくくりをつけた。「あたしはあの女《ひと》のように寛大じゃないの。あの女《ひと》の話じゃ、あなたには責任がなくて、あの女《ひと》だけが悪いんだという。あたしはね、あなたにも少なくともあの女《ひと》と同じくらいには罪があると思います。だから、あなたのとる手段はもう迷いようがないでしょう。あなたはあの女《ひと》に今後は会っちゃいけないのよ。ドルジェルさんには、あなたが考えてなにか適当な口実を見つけてことわっておけばいいでしょう。だって、このあたしはこういうややこしいことにはあまり慣れちゃいないんだから」

（ああ、あんたの友達の中でいちばんきちんとしたいいお友達とどうしても交際《つきあい》できないようなことをするんだろう！）セリューズ夫人は母親らしいあの驚くべき無理解から、そういって嘆息していた。

フランソワがやはり着がえをしつづけるのを見て、セリューズ夫人はおそるおそるたずねた。
「あなたドルジェルさんのところへ晩餐に行くつもりなの?」
「今夜僕があそこへ出ないとアンヌ・ドルジェルはじつにへんに思うでしょうからね。行きますよ」

セリューズ夫人は黙っていた。彼女はわが子の前でじっと頭をうなだれた。いままで息子の中に、ほんの子供しか見ていなかった。今彼女の前にいるのは一人の男だった。

シャンピニーへ帰るにはもう遅すぎた。彼女はそのままフォルバック家で夕食することにした。ここの人たちとなら、ぼんやりよそのことに気をとられていてもかまわない。しかし、夫人のただならぬ様子があまりはっきりしていたので、それは盲の婦人にも、精神虚弱者にも気がつくほどだった。彼女はドルジェル夫人や息子に対して自分のとるべき態度についてちゃんと確信がないのだ。特に、マオの不幸な姿が彼女の中に一瞬よみがえらせ、そしてすぐまた消えてしまったあの青春の炎を後悔していた。要するに、このような役割をひきうけることは亡夫のセリューズ氏はけっしてしなかっただろうし、ましてや彼女がそういう役目を演ずることを是認はしなかっただろうから、彼女は自分のやり方が悪かったと自責していたのだ。

妻がだいたい想像できるような状態で衣裳《いしょう》がえをしているあいだに、いつものように先に身仕度してしまったアンヌは、ちょっと風変りな訪問客を応接していた。それは、世間ではみんなが死んだと思っていたナルモフ公爵《こうしゃく》だった。血の好きな新聞は、ニコラス皇帝*側近者の一人だったこの公爵の死を報道したものだ。

ナルモフ公爵はまるで初めて訪問するようにパリへ着いた。誰一人としてむかえてくれる知人はいなかった。アンヌの家へやってきたのは、その前週にウィーンでドルジェル夫妻の滞在のことを聞いたからである。オーストリアでナルモフが厄介になっていた友人たちは彼とほとんど同様に貧乏になっていた。彼がアンヌの前にあらわれたとき身につけていた少し滑稽《こっけい》な狩猟服や帽子は、この友人たちからもらってきたものなのだ。

すっかりめんくらった様子で、ドルジェル伯は黙っていた。というのは、彼は自分の感じないことをしか巧みに表現できない人間だからだ。この驚きが一過すると、やっと彼は驚きのふりをすることができた。ナルモフの不幸な身の上話を聞いて、彼はすぐ自発的に自分の家に滞在するようにすすめた。ドルジェル伯の親切と軽率さとはすっかり結合してしまっていてそれを分けることができないほどだ。ただ一つだけ彼の心配なことがある。(公爵は、舞踏会の相談のためにひらく今夜の集まりの秩序をみだしはしないだろうか)ということだ。もちろん、神秘の国から一路やって来たこの公爵以上にすばらしい《余興》はない。しかし、ナルモフがなんの予告もなしにぶらりと到着したことを、一家の主人としての政策からアンヌ・ドルジェルは遺憾におもうのだった。そう思った瞬間から、この人物をあまり今夜の花形にはせず、政治的な晩餐会のためにとっておこうと心に決めた。もう少しのことで、彼は公爵をしりぞかせて楽屋に待たせておき、一人ぼっちで食事をする姉の相手をさせたかもしれなかった。

ドルジェル伯爵夫人があらわれた。彼女はしゃんと品位を保っていられるかどうかと心配していた。それほど弱ってしまっていたのだ。公爵と彼女とはすぐたがいに惹《ひ》きよせられていった。この夜マオにただよっているうわの空のような風情《ふぜい》はナルモフに親しい気持をもたせた。彼女はパリ製品があたえるような気おくれさえ感じさせないのであった。ドルジェル夫人のほうでも、自分に心の痛みがあるので、相手にやさしかった。

アンヌは食卓に一人前多く用意するようにいいつけた。マオはこの指図は不必要だのにと思った。フランソワから来られないと今にも電話でことわってくるのを彼女はあてにしていた。

そろそろ客が到着した。アンヌ・ドルジェルは客の一人一人に、はいってくるがはやいか、この新来の旅客のいることを説明するのが当然だと思った。彼はナルモフ公爵の身の上話をしてきかせ、しかも事実をいろいろ潤色してしゃべるものだから、それが二度目のときには、話の当の主人公が語り手のいうことをそばからちょいちょい修正しなければならなかった。

「そうじゃありません。私はモスクワからこんな服装で一路到着したわけじゃない。この服はまだ着てから三日目なんですよ」

最初にやってきた客はポール・ロバンだった。アンヌは彼をナルモフにざっと紹介するだけにとどめた。この場合、ドルジェル伯はただ一人の客をすぐ案内するのを避け、ほかに大ぜい客が来るのを待ってから歩きだす城館《シャトー》の案内人のやり方をまねたのだ。(訳注　ヨーロッパの名所旧跡にはこういう案内人がかならずいる。フランスのロワール海岸の城にも多い)彼はポールを神秘と対峙《たいじ》させたまま冷酷にうっちゃっておいた。その神秘は長くつづかなかった。ミルザとその姪《めい》がやってきて彼をそこからひき出してくれた。この二人のためには大噴水を放出する値打ちがあっ

た。(訳注　大噴水はヴェルサイユ宮で祝祭日に特に放水する)

アンヌ・ドルジェルのあしらいであまり満足していないナルモフは会話の方向を一転させた。彼はミルザにむかって、戦争の初めごろにペルシアへ行って国王を訪ねたとき会えなくてたいへん残念だったといった。ミルザは、ちょうど国にいなかったので、と詫《わ》びをいった。

ポール・ロバンはこの二人の丁重なあいさつの競争《しっくら》を目をまるくしてそばで聞いていた。ナルモフはあくまで相手にゆずろうとしない。彼はミルザに領地を通過させてくれたことの礼をいった。その領地というのはペルシアの一州であり、そこへはいることを禁じるなどというのは彼にもたやすいことでないだけに、ミルザは驚いている。ナルモフのほうでは、ミルザが領地の入口まで迎えに出ないといって大口論をしたことなどは忘れてしまっていた。

不幸はナルモフ公爵の人柄を変えた。彼はやさしくなった。もとの自尊心を失ってしまっていた。

いつもフランソワは真っ先にやってくる一人だった。まだ姿をあらわさぬのは彼とオーステルリッツ公爵夫人とだけだ。今では、ドルジェル夫人は彼の来ないことはいよいよ確実と思っていた。なにかせつない気持がするのは、つまり、最後の瞬間まで彼が来るものと信じていた証拠なのだ。来るなという指図に彼がしたがうのは道理だと思いながら、その指図にそむかなかったことがやはり苦しいのである。

フランソワは手紙をまたくりかえし読みながら道でぐずぐずしていた。彼がドルジェル邸の入口で呼鈴《よびりん》をならしたとき、オルタンス・オーステルリッツが車からおりるところだった。彼はこの女《ひと》を待った。

「あなたを見て安心したわ。あたし遅れちゃったかと思っていたの」と彼女はいった。マオは、フランソワが二歩の距離に近づくまで気がつかなかった。彼女はちょっと後にさがった。が、彼の平気そうな様子から、これはセリューズ夫人がまだ会っていないのだと判断した。

彼女はすぐ、愛していながら愛すまいとする女、しかもやはり貞操にはそむくことに変りない女に共通なあの心理作用《メカニスム》の一つをすらすらとここでやるのだった。フランソワがこの席へ来ないようにするために、自分は全力をつくしたではないか？　だから、この人がここに来ていることに、自分はもうなに一つ良心にとがめることはない。そこで、彼女はこのしばしの猶予、もうこれが唯一《ゆいいつ》と思う一夕をたのしみたいと思った。

晩餐のはじめからナルモフはつとめて陽気にはしゃごうとした。しかし、彼のいることはなにか座を冷やかにするのだった。苦悩が人の顔に刻印したものは、どんな微笑もこれを消すことができない。皺《しわ》があるからというのではない。目つきも同じである。苦しんだ人間はかならずしもそのために老《ふ》けていない。変化はもっと深刻だ。燕尾服《えんびふく》や夜会服にとりまかれて、ナルモフは一人ぼっちだった。彼はこの孤独を自分の服装のせいだと思った。彼と同じような服装をしていないことで他の客たちはきまりわるがっているんだと思うような、あの以前のような堂々たる自信が、今の彼にはなくなっていた。かがやかしい光や人声の晴れやかさは彼の落着きをみだした。隣席の女の言葉もよく耳にはいらず、なんども聞きかえしたりしていた。

あたりの刻々に変化するきびきびした会話は彼をおしのけ、仲間はずれにするのだった。彼にはその糸筋を追うことができず、ばらばらの会話のような気がした。ちょうど《フュレ遊戯》（訳注　銭まわし、ジョーカー抜きの類の手渡しあそび）で指先の器用でない人間が閉口するように、話の速度に狼狽《ろうばい》させられた。

ドルジェル夫人はナルモフの当惑を察した。彼女自身もあまり平静ではない。二人はこうして皆からわきにはずれてしまった。ナルモフは彼女にロシアの話をした。ドルジェル夫人は気が遠くなりそうであった。ロシアの話が彼女の失神の原因ではなかったが、そのことをわざとらしくかくさずともいい口実になった。ナルモフは彼女の様子を見て、《これは思いやりのある婦人《ひと》だ》と考えた。

マオはフランソワに会うことに幸福を予想していた。彼の姿を見ると、ただ苦痛しか感じられないのだ。彼女は不必要な責め苦を避けるように彼を避けようとした。そう思いつつも、彼女にはときどき彼の方を見ないでいるだけの自制力がなかった。そして、それは彼の態度を監視するためだったのだ。

彼の隣にはあの若いペルシア王女がいた。よろこびは彼を愛想よくした。偶然というか、むしろそれは礼儀作法からだが、ロシア公爵のそばにドルジェル夫人を、フランソワのそばに年若な未亡人をすわらせたのは好都合だった。マオにすれば気軽な上っ調子な人の隣にいたらただ苦しい思いをするだけであったろうが、同様にフランソワにも、隣席がなんでも笑いたい年ごろで、しかもすでに多くの涙をながしたことのあるこの王女であることはなにより都合がよかった。その笑い声はドルジェル夫人の心をつきさすようにひびいた。（あの若い女《ひと》はじつにかわいい）と彼女はフランソワの方をちらちら見ながら思った。

彼はまだなにも知らないのだと思いながらも、屈託なさそうに陽気にしているのが憎らしかった。もし彼が彼女を愛しているのだったら、この今の重大さに気がつくくらいの思いやりがあるはずだのに。彼女はセリューズ夫人から聞いたことを疑うような気持にさえなった。が、またすぐ、以前にはいちずにそんなものをと否定しつづけていたが、今ではもう彼女の心が抵抗しようもなくなっている数々様々の事柄が、彼女の恋は片思いではないと証明するのでもあった。しかし、夫からの影響もあって誤りにおちいって、恋に一種の都会人的な洗練をもとめている彼女は、フランソワに人の心を見ぬく洞察力の欠けているのが不満だった。実際はそういう洞察力の欠けているのは彼女のほうなので、フランソワが陽気にしているのはマオの本当の気持をおしえられたことが原因していたのだ。

ドルジェル夫人は嫉妬《しっと》の感情を経験しはじめた。一人の女が貞操のために恋を犠牲にしようと決心したその当日に、このような感情をもつことは正しいのであろうか？

「あなたはあの連中をさぞ憎んでいらっしゃるでしょうね、あの過激主義者《ボルシエヴィキ》たちを！」とエステル・ウェインがナルモフ公爵にいった。

アンヌ・ドルジェルはこんなばかげた大げさな言い方に気がむしゃくしゃした。いままで彼は曲芸師のような円滑さを発揮して、けんめいにロシアの話を避けてきたのだ。そして心ひそかに妻の態度に感謝していたのだ。自分の子供っぽい心づかいを妻もやはり同じ気持でやっていると思い、彼女がナルモフと二人きりで一座からはなれて、この面倒な局面をうまく切りぬけてゆくのを感心していた。彼女は敬意をうしなわぬように公爵に応対しつつ、しかも、陰惨なロシアの話がこの席全体にひろがらぬようにちゃんと気をつけているのだ。

　ところが、今アメリカ婦人はたった一言でこの傑作をすっかりぶちこわしてしまった。

　ナルモフ公爵はちょっと躊躇《ちゅうちょ》したが、ややいいにくそうな語調でこたえた。その語調がかなり平凡な言葉をなにか意味ありげにしていた。

「人間は地震に責任があるといえるでしょうか？　起るべきものはいずれ起ります。フランスの人はロシアの革命をあまりにも自分の国の革命を標準にして考えたがると私は思うんですよ。ところが、ロシアのような広い国では物事の起り方が必然的にちょっと別なんです。それに、革命という言葉は私たちの国に起ることを定義するには不適当だと私はいつも思っています。一種の自然的大変動、いやなんとでもご自由に、お名づけください。いずれにせよ、私はこの自分をあんなにひどい目にあわせた連中を、非難しようとは思いません」

ナルモフはまたつづけた。

「あなたがたがロシアについて知っていられるすべてのことが必ずしも正確でないという証拠には、私は殺されたということになっていたのをお考えになればいいでしょう。事実は、誰も私の髪一本にさわろうともしなかったのだ。もっとも、（と彼は沈《ちん》鬱《うつ》な顔で）私を生かしておいてはくれたが、彼らは私の生きる意義をうばってしまいましたよ」

自分の意見を変えることはなかなかつらいことだ。このとき公爵にはやっと理解できるような気がした――彼が現に生きていることは世間の噂《うわさ》を否定することにはなるが、彼が生きのびたことは不誠実なことであったと。

「ナルモフさんのおっしゃるとおりよ」とオーステルリッツ公爵夫人は、かたわらのポール・ロバンの方を向いていった。「なぜいつもなんでも悪いことは民衆の責任にしてとがめるんでしょうね。それゃ、どの階級にだって同じように、その中には悪い考えの人もいるでしょうよ。でも、ほんとうに気だてのいい人たちもいるんだもの。たぶん、ほかのところよりいちばんそこにたくさんいると思うわ」

オルタンス・オーステルリッツはいわゆる《買収された》人間、というよりもっと正確にいえば、こういう事情を知るために金をつかっているのだ。

「あたしある慈善事業に関係しているから、民衆の人とはよく接しますの。どう思って？　もし革命が起るとしたら、けっしてああいう人たちの側からは起らないと、あたし保証する」

ポールは彼女のいうことを神託のように呆然《ぼうぜん》として聞いていた。あのポルト・ドルレアンで喝采《かっさい》された一件以来、オルタンス・オーステルリッツには途方もない権威が身にそっているように思われるのだ。彼にはどう考えていいのか見当がつかない。彼のもっていた先入主はめちゃめちゃに砕かれてしまった。オーステルリッツ家の一女性が民衆を讃美する！　ロシア皇帝の側近者が過激派《ボルシエヴィキ》を呪詛《じゆそ》しない！

勇気ということはいつもポールを驚かすのだった。彼の目には、勇気とはただ軽率ということでしかなかったからだ。そして、軽率さをしめすには、自己について十分自信をもっていることが必要である。このロシア人は自分を殺そうとする人間たちを非難しないのだから、ひとかどの人物であるに相違なかった。

ドルジェル伯はなんら偏見をもたない人だ。夜会に光彩をそえることならなんでも歓迎する。エステル・ウェインのなにかいったときには大いに心配した。やがて、彼は感激する気持にかわってきた。《このロシア逃亡貴族はありきたりのとちがって退屈じゃない》と思った。

そして、誰もかもアンヌと同じ考えであった。

みんなは、ナルモフがそのつつしみ深さ自体によって悲劇的なものに達していたことを知らなかった。ドルジェル夫人は、この劇的なものにしめしている一座の人びとの態度にひとり憤《いきどお》りを感じていた。また、ナルモフのことがいっこうフランソワの注意をひかず、あいかわらず隣の子供っぽい女《ひと》の相手をしつつ、大人の会話から遠ざかっているのが、気になった。ドルジェル夫人のほかには、ミルザ一人がナルモフの中に機知の敏活さ以外のものを見ていた。彼は正確な質問をしていた。

「ナルモフさん、あなたは不思議な方よ」とオルタンス・オーステルリッツはいう。

「ちっともお変りにならないもの。若がえっていらっしゃるといっていいくらい――」

「私は変りはしません。だが、私はなにもかも失ってしまいましたよ。なにもかも失ってしまった。(と彼はやさしい声でくりかえした) 私になにが残っていますか?」

それから高い声でからから笑いながらつけたしたした――

「スラヴ人的魅力が残っている」

「スラヴ人的魅力がいっさいを忘れるためにパリへやってまいりましたァ」とアンヌは演芸《レヴュー》の口上役《アナウンサー》よろしくの声でいった。「この人を歓待いたしましょう。だが、過激派《ボルシエヴイキ》の悪夢の話なんかして憂鬱がらせないようにしましょうよ」

ナルモフが知らずしらずに晩餐《ばんさん》の終りまで座談の中心になってしまっていただけに、このはっきりした言葉は時宜に適していた。みんなは食卓をはなれた。

アンヌはもったいぶった調子で、ここで上演種目《だしもの》が変って、別な舞台面になるということを告げた。

やがて例の仮装舞踏会の相談がいよいよはじまると、一座の人びとはみんな政治的な会談にのぞんでいるようなまじめな顔つきになった。

フランソワはこの舞踏会準備のことでドルジェル伯からさせられている役割に少し閉口していた。アンヌにしてみれば、フランソワをいつも立て役者あつかいにすること以上に、彼への友情をしめすいい方法はないと思って、つまらぬことにもいちいち相談するのであった。なに一つ言葉をかけられないで気をわるくしているポールは、フランソワがよろこんで自分の立場と交換したであろう幸福には気がつかなかった。

仮装舞踏会は一つのはっきりした方針を立てておかないと謝肉祭《カルナヴアル》ふうの乱痴気騒ぎになるおそれがあるというのは、一致した意見だった。全体を統一するテーマが必要だ。さてこのテーマについてはなかなか意見がまとまらない。雲行きはただならぬ様子が感じられた。（おれの意見をきかないのならなぜ呼んだのだ）てんでに心中そう思って、もう自分はいっさいかまわぬといいたげなけんまくである。

こういううるさがたをなだめるために、アンヌ・ドルジェルは阿修羅《あしゅら》のはたらきをやっていた。マオの態度が気にくわない。（ちっともおれを助けてくれん）と思うのだ。事実、ドルジェル夫人はみんなの口論からはなれて、ナルモフと話しつづけていた。

公爵《こうしゃく》は自分も他の連中の仲間入りをしたいと思いながら、少し呆然としていた。記憶をさがし、なにか陽気な光景を思い出そうとつとめるのだが、それより最近の思い出がうかんですぐまた陰鬱な気分に沈めてしまうのだ。

フランソワは、こうなった以上はぜがひでも、この相談会で自分のあたえられた役割を果そうと決意して、ぐったりする気持や疲労と戦っていた。ドルジェル伯をあざむくために、彼はこういうやり方をしていたのだ。彼がこんなつまらないことに骨折っているのを、マオは悲しい気持で眺めていた。彼女の顔は冷酷に見えた。フランソワはじっと彼女を観察していた。（なんだって！　あの仮死におちいったような女がおれを愛していて、どうしても自制することができず、母のところへ救いをもとめてきたそのひとだというのか？）彼は手をポケットに入れて、あの手紙にさわってみた。その手紙をとり出して読みなおしたい欲望をやっとおさえた。あの言葉は消えてしまっていないか、またはすっかり変ってしまってはいないか、と心配だった。エステル・ウェインは膝《ひざ》の上に手帳をひろげて、異様な形の衣裳《いしょう》のデザインを描いていた。オルタンス・オーステルリッツは自分のからだに様々の仮装を即興的に工夫していた。彼女は客間の中をさがしまわって、電燈《でんとう》の笠《かさ》をかぶったり、千種万様の仮装をこころみた。そういうのを見ているアンヌの心に、彼の階級の人間が幾世紀を通じてもつもっとも深い熱情を覚醒《かくせい》させるのだ。

ドルジェル伯はフランソワに布地をおろしてくるのを手伝ってくれとたのんだ。アンヌにとっては、ただ図面のデザインだけでは無意味なのだ。彼は戦争にはいくつも勝っても地図が読めないその祖先の人たちのようなものだ。引出しをひらきながら、彼はフランソワにいった。

「マオはどうしたんだろう。今夜はまったく普通じゃない」

フランソワはわきを向いた。はじめて、彼はアンヌの中にいつも自動的にみとめていたあの優越性を感じなかった。彼はアンヌを批判した。子供っぽいと思った。この男が肩掛やターバンをかかえこんでいるのをじっと眺めていた。

二人はおりてきた。そして、絨氈《じゅうたん》の上に色さまざまの布地を投げだした。客たちはあらそってそれを取った。彼らはこの布地の中に、それぞれ自分がかくなりたいと望むものになれる可能性を見たのだ。フランソワはかれらを軽蔑《けいべつ》した。彼は自己以外のなにものにもなりたくなかった。

そばからなにかといわれても、ドルジェル夫人は他の連中にまじらなかった。彼女はナルモフの相手をしつづけていた。ナルモフはこの客間を先代伯爵の時代に知っていたのだ。（戦争が誰もかもを狂人《きちがい》にしてしまった）と彼は心につぶやいていた。

この即興的にはじまった騒ぎの中で、アンヌ・ドルジェルはのぼせあがってしまった。彼の顔は遊びに興奮した子供の熱っぽさをあらわしていた。たいして変りばえもせぬ変装をつぎつぎにやってみせて喝采をうけ、姿を消したりあらわれたりしている。エステル・ウェインは有名な彫像の名をいちいち呼ばわりつつ、布地をからだにまといつけて、ポーズをしてみせた。おかしくもないので誰も笑わないのを、彼女はみんなが讃嘆しているのだと信じた。

世の多くの夫たちが、その手ぎわをふるってやったとしても、アンヌ・ドルジェルがその持前のとんちんかんをやる性格からやってのけたほどには、妻と危険とをへだてることにこれほどうまく成功しなかったであろう。このとんちんかんは花火にたとえれば、最後のはなばなしい一発をうち上げようとしていた。また姿を消していたアンヌは、今度はナルモフのチロル風のソフト帽子をかむってあらわれた。彼はロシア・ダンスのステップをちょっとやってみせた。この地方風俗の混乱と牡雞《おんどり》の羽毛のついた緑色帽子とがみんなをわっと笑わせた。ただ一人、公爵はこんな演芸種目をおもしろがらぬふうであった。彼はいった。

「失礼ですが、その帽子は私のです。ほかになにもくれるもののないオーストリアの友人がくれたものなんです」

なんともいいようのない気まずさが笑っていた人たちをおそった。いままでの騒ぎでみんなはナルモフのいることをほとんど忘れていた。その彼が裁判官のような顔をして、うわついていた気持をしずまらせ、不幸に対する敬意をよびさましたのだ。群衆の狂気といったものがあらわに自覚された。めいめいが自分をそういう気分にさそいこんだ他の者を非難しはじめた。おとなしくしていた者はよけいにうらまれるのだった。

ドルジェル夫人は全身の力がぬけたような心地がした。彼女の夫は、ナルモフの言葉をただうわのそらで聞きながしているばかりか、子供っぽい酔心地の中に、心のデリカシーをすべて忘れてしまっていた。夫をばぜひ大きく立派にしたい気持の切《せつ》なこのときに、彼が卑《いや》しく小さくなったことがなにより痛手だった。アンヌがセリューズの見ている前でつまらない人間になる、これは彼女にとってはしのびがたいことだ。こんな子供じみた男のために自分の恋を犠牲にするなんて、とフランソワに責められたら、彼女はなんとこたえていいだろうか？　その人のそこにいること、ただそれだけでフランソワに自分の罪を自覚させるべきその人がこんなおどけた道化の姿になっているのを見るのは、つらいことだった。

ドルジェル夫人の推理は正しかった。階上室に布地をとり出しに行ったとき以来、フランソワの目にはアンヌがこの人に反感をもつ者たちがよくいっているそのままに見えてきた。が、フランソワはこの軽佻《けいちょう》浮薄な外観の下に気高いもの美しいものがかくされているのを知っているだけに、苦しかった。もしいままでに彼がアンヌに友情を感じたことがないのであったら、その結果がドルジェル夫人の目の中にあらわれるのをじっと観察していたこの行為を見て、彼はよろこぶべきだった。

劇はしばしばもっともつまらない事柄を中心に生じたがるものだ。そういう場合、一個の帽子にさえなんという力づよい意味がくわわることか？　伯爵夫人はフランソワの心の中をちゃんと読みとった。一方、フランソワが自分の心の中を読みとっていることも、彼女は知っていた。そこで彼女は、その偉大さが誰にも気づかれないだけによけいに悲壮《ヒロイック》な行為の一つをやってのけた。われわれはとかく偏見をもって考えるし、一個のチロル帽が悲劇の中心になるなどということは承認しがたいから、気がつかないのだ。

彼女は、もう自分にはただ一つの手段しかないと考えた。そういう手段をとることのじつにいやなこと、それだけにこれは有効である証拠だと思った。つまり、アンヌのしていることに自分も一腕かして、その共犯者になることである。一口にいえば、黙々のうちに、夫がやっていることを自分はけっしていやなことだと思っていない、とフランソワに答えることだった。

ナルモフの無愛想な言葉を聞くと、彼女はつと立ち上がってアンヌの方に歩いていった。彼女は死にむかって進んでいったのだ。

「そうじゃないわ、アンヌ、それはこうするのよ」

彼女は帽子をぺしゃんとおしつぶしながらそういった。

みんなの感じたしらけた気持はもう限りがなかった。アンヌのほうは、少なくとも、つい軽はずみに興奮のあまりやったという言い訳がたつ。ドルジェル夫人のこの行為はさらに効果をつよめようといった冷やかな意志をはっきり見せている。これはナルモフのあの言葉が発せられた後ではたえがたいものだ。

彼女の思惑は適中した。

(アンヌはこの女《ひと》をこんなふうに悪くしちまっている！)とフランソワは思った。

もしフランソワの恋をなにかが弱めうるものであったら、マオがやった犠牲の効果はまさにてきめんだったはずだ。が、実際にフランソワにあたえたものは、ますます恋心を増大させるあの悲しい気持だけであった。

皆の中でナルモフ公爵が一番驚いた。彼は怒りの発作をやっとおさえた。(いやいや、あの女《ひと》が自然にこんなことをするはずはない)と思った。彼は伯爵夫人の人柄をもっと高く評価していたし、それにまた彼の昔気質《かたぎ》の自尊心はこんなことで事実を見誤るまいとした。

こうして、彼女をまだよく識《し》らない唯一《ゆいいつ》の人間がちゃんと正確な見方をしていた。苦しみがナルモフの感覚を鋭くしていた。また、彼はロシア人だった。人間の心の奇異なはたらきをよく理解しうる、これは二つの理由である。彼だけが真実に近かった。《見やぶった》。ドルジェル夫人に秘密な理由のあることを察した。(あの女《ひと》はかしこいから夫のすることを恥じているにちがいない。あれは夫への非難を自分も共にうけるつもりでやったのだ)

ナルモフが誤った点は、この行為に夫婦愛のあらわれを見たことだ。

こういうふうに、この行為はナルモフをひどく腹だたせずに、よく自制させた。アンヌ・ドルジェルが出てきたとき笑わなかったのは彼一人だった。今度は、彼一人がからからと哄笑《こうしょう》した。

「ブラヴォー!(訳注 大出来という意味)」と彼は叫んだ。

この急転回はみんなを啞然とさせた。さいしょ登場したときの自分のやり方にいささか懸念《けねん》をいだいていたアンヌはこれですっかり自信をとりもどした。公爵のブラヴォーのかけ声には少しの皮肉も感じられなかったから、一同ほっと息をついた。

マオは腰をかけた。(これ以上礼儀正しい仕方で軽蔑《けいべつ》されることはない)と彼女は思った。フランソワが彼女をどういうふうに判断したか、それを考えるのは彼女の力にはとうていおよばないことであった。

みんなは、こそこそと、布地を脱ぎすてだした。

「どうも、舞踏会の相談ははかどらなかったね。私がわるかったのだが」とアンヌはいった。

「もうおかえりなの?」一同がひきあげてくれることばかりのぞんでいるマオは、ミルザとその姪《めい》にいった。心では（みんな、おかえりなさい！）と叫びたい気持だった。もう精根つきはてる思いだ。（最後の一人がかえってしまうまで気絶しなければいいが！）この最後の一人はフランソワじゃないだろうか？　マオは自分が気をうしなうところを彼に見られたくなかった。

ナルモフ公爵は泊り客であった。宴会がおわったといって、すぐお相手をよすこともできない。と思うと、失神しそうな気持がおそるべき速度でおそってくるのを感じた。

（フランソワがはやくかえってくれますように、今夜はあのひとはなにも知らず、もう一晩やすらかにすごしてくれますように）と心でくりかえしていた。

突如として、くらくら眩《めま》いのするような状態の中に、セリューズ夫人に頼んだことの狂気《きちがい》じみていたことが思い出された。彼の母が本当のことをいわないとしたら、なにをいうだろうか？　二人のあいだの恋愛ということ、これ以外には彼らをへだてねばならぬもっともな理由などあるはずはない。それだのに、彼女はまだこの理由についてあれかこれかと迷っているのだ。（セリューズ夫人がなにか嘘《うそ》の理由をこさえていったら、フランソワはきっとその嘘を察しるだろう。ほんとうのことを知りたがって、かけつけてくるだろう）

ドルジェル夫人は囈言《うわごと》をいうような状態だった。彼女はエステル・ウェインの前でかろうじてからだをささえて立っていた。

このとき、ミルザに同伴して行った伯爵がまだいる隣の客間から、ペルシア女の笑い声が彼女の耳にきこえた。エステル・ウェインは彼女の腰をかかえて支えた。彼女はたおれた。みんなは彼女を横にねかした。

どういうふうに考えていようとも、とにかくこんな場合に世話をする権利は自分よりこの男にあると思っていることの反射作用で、フランソワはドルジェル伯のそばへ走って行った。

「マオさんがたおれたんです」

「やれやれ！」とアンヌ・ドルジェルはいった。

彼は他の連中にしたがわれてもとの部屋へかえってきた。が、ドルジェル夫人はもう正気づいて、つぎの失神にそなえて気を張りつめているところだった。

「フランソワはちょいちょいこんな人驚かせをやるんでね。あんたが気絶したっていうのさ」とアンヌは高い声でいった。

みんなはこの小事件の中にへんに重苦しい気分だった今夜の会のアポテオーズ（訳注 劇、レヴューなどの華やかな最終場面）をみとめた。エステル・ウェインはフランソワ・ド・セリューズとマオのことを世間が小声で噂《うわさ》するようになって以来、マオが大きらいだった。「あのひと浮気っぽいのよ。あのひとに夢中になっているマオにもう飽いちゃったの。今夜はミルザの姪にしきりにごきげんとりをしていたわ」フランソワがそんなにもてることに驚嘆しているポール・ロバンに、彼女はとりとめもない悪口をささやいた。

「フランソワがもうしばらくあんたのそばに残っていようといっているよ」とアンヌ・ドルジェルは、そういう親切に驚く最後にひきあげかけている客たちの前で、無邪気にいった。

「いいの、いいの。あたし一人にしておいていただきます」ドルジェル夫人は高い声でいった。そして、この高い声が少し唐突だったから、彼に手をさしのべて、つけくわえた。

「ありがとう、フランソワさん。でも、あたし大丈夫。ただ眠りさえすればいいのよ」

「明日の朝様子をおたずねしましょう」とセリューズはいった。

マオは、隣室へアンヌにおくられつつ姿を消す彼を、心をこめて見つめていた。

ポール・ロバンは寒い通りの辻《つじ》で友を待っていた。フランソワが舞踏会のことしか話さないので、こんなことならエステル・ウェインの車でかえるのだったと彼は後悔した。

扉がふたたび閉じる音を聞く苦痛のうえにマオにさらにくわわってきた悩みは、さきにはそのつもりでいたが、アンヌの助けなしにはやはりすまぬことが確実だということだった。（あの帽子のことがあった以上、フランソワはたずねてくるだろう）と思う。そして、彼にも一度自分が会うことの非常に危険なのを感じているだけに、ぜひアンヌにかわって会ってもらわねばならぬ……

アンヌがもどってきたとき、彼女はいった。

「今夜、あなたにお話がありますの」

「僕はまずナルモフを部屋へ案内して、それからあなたのところへ行こう」

着物をぬぐあいだのドルジェル夫人の気持は、考えというものがまるでうかばず、ただ連絡のない影像《イメージ》がばらばらにうかんでくるあの状態だった。彼女はフランソワ・ド・セリューズについて街路を歩いている。彼といっしょにタクシーを呼びとめる。彼によりそってサン・ルイ島の家のつぎの間を足音しのんで歩く。フランソワからフォルバック夫人は聖女のような人だとたびたびきいた。そういう記憶を力にして、マオは自分の貞操のことを考えようと努力した。が、影像《イメージ》のほうがどうしても勝ってしまう。そして、貞操などということより、フォルバック家の人びと、あの不具者の母子《おやこ》の姿が目にうかぶのだった。

妻が夫に話があるなんて、ドルジェル伯には信じられないことであった。それがどんな話になるのかいっこう気にもとめず、あわてる気にはならなかった。

彼はナルモフの部屋の中をあちこちうろついていた。

「なにもお入り用のものはありませんか？　これでなにもかもそろっていますか？」

彼は客間におりた。椅子《いす》の上にうっちゃってある仮装用品をあつめ、ナルモフの帽子を玄関までもっていったりした。それから二階へ上がって布地を一つ一つていねいにしまった。こういうふうにしてできるだけ遅く行くことにし、そのあいだにマオが眠ってしまうことをねがっていた。

運命がわれわれにおしつけるあの皮肉の一つで、ドルジェル夫人は今夜ほどアンヌを待ちどおしく思ったことはないのだ。幸福を待つときにこそ感じるのが自然であるこういう焦燥を彼女は悲しく思っていた。告白をするあの悲劇的な瞬間を彼女はじっと待ちきれず、こちらから迎えに出てゆきたい気がした。たしかに、彼女はもう自信を少しももっていず、誰かの強制で身うごきしたいくらいだ。が、こういった焦慮の中には、帽子の場面をその一つの表徴《あらわれ》と見ていいような本心にそむく態度を罰しようとする本能的な欲求がまたあったのではないか？

アンヌ・ドルジェルがはいってきた。彼は妻のベッドのそばに腰をかけた。まず、彼は冗談めいた言葉つきで、真面目《まじめ》な訓戒をしようとした。

「それでさ！　あれはいったいどうしたっての？　人前で気絶したりなんかしてさ？あんなのはよろしくないですよ。も少しがまんはできなかったの？」

「できないの。あたし、もう力もなにもつきたんです。一人でこんなことをいつまでもつづけてはゆけないのよ」

フランソワが彼女の腕をしめつけた日、あのまだ無邪気な告白をした日、嘘をいうつもりではなくただ言葉のいきおいにつられてマオが嘘をついたことをわれわれは思い出す。一語一語むりやりに吐き出すようにして、その途中でむしろ死ぬことをねがいながら言うべきでもあろうことを、ただ一気に、まるで相手をなじるような調子で彼女がぶちまけてしまったのは、やはりあれと同種の現象だろうか？

人はこの場面からきわめて簡単に、一種説明しがたい怒りがドルジェル夫人をうちとけないいじわるさに駆りたてたのだ、と結論するかもしれない。アンヌもほとんどそういうふうにとった。マオの平静なのを見て、怒っている人間はよくこんな落着いた様子をするものだ、と彼は思った。ところが、落着きはもっと深い原因からきていたのだ。フランソワを愛しているという考えに自分は慣れる暇があったので、彼女はこんな告白の仕方が相手にどういうふうにひびくかをよく理解できなかった。はっきりしゃべることを彼女にさせたのは、これなのだ。このはっきりした鮮明さ、この飾りっけのなさのために、ドルジェル伯は意味がわからなくなったのだ。彼女はそれに気がついて、かァっとなった。信じようとしない人間を相手にしては誰しもまごつく。夫がまるで理解しようとしないのを見て、それまで自分の罪だけをひたすら責める気でいた夫人ははげしい言葉をぶちまけた。そして、自分の告白をはっきりさせるため彼女はアンヌが真面目に相手にせぬような不平をいろいろならべるので、告白までが夫に嘘のように見えるのだった。

アンヌ・ドルジェルの胸中はどうであったのか？　彼はマオのいうことを信じたのか？　そして、彼の感情はあまりにもはげしい苦痛のために麻痺《まひ》してしまったのだろうか？　いずれにせよ、彼はなにも感じなかった。いっさいどうでもいいと思い、自分はマオを愛していないような気がした。

彼女は両手をよじるようにして懇願した。

「そんな信じないような顔をしないでください。ああ！　あたしがこんなに苦しみ絶望していることを、この口からあなたにこんなことまで話さねばならないようになさるなんて、どんなにそれが残酷だかを感じてくださったら！」

彼女は、自分にとっていちばん苦しいような事柄をことさらあげてそれで自分を非難しつつ、もう弱りはて、声もかれるようなありさまだ。夫が心では聞いてくれないと見きわめて、もっと直接にその自尊心を傷つけようと試みた。彼のナルモフに対してやったやり方はじつになっていなかったと責め、自分がそれに加勢してああいうことをいっしょにしたのは本心からではないとうちあけた。

いままでアンヌ・ドルジェルが黙っていたのは感情に関することはとかく自分は不得手だとみとめていたせいもあるが、こうして社交人としての職業を立派に果しているつもりでもあったのだ。だから、マオのねらいは正しかった。しかし、彼はまたこの社交人としての自負のために、マオがどんなことをいおうと、あくまで落着いて分別くさくしていよう、けっして相手と同じような気分になるまいと決心したのである。

「ね、あんたは病気なのさ。神経が疲れていじわるくなっているんだ。わけもわからないことをしゃべっている。私はナルモフという人はよく知ってるんだ。もしあの人がおこっていたら、あれはそれをかくしとける人じゃない。今も私たちはじつに仲よくわかれてきたんだよ」

彼はなおつづけた。

「あなたは子供みたいな人だ。あなたのもっているそういう考えは、みんなあなたがちゃんと教育されていないから出てくるのだ。(彼はほとんど尊大といっていい態度で、言葉をいちいち区切りつついった)失敬な言い方だがね、マオ、あなたが私のいちばんよく知っている事柄を私におしえようなどという気になるのは、おかしいと思いますよ。あなたがナルモフのことで私を非難するそのやり方ね、それを見るとじつにはっきりわかるんだ——あなたが心配しているすべてのことはみんなそれと同じ程度に、くだらない、ばかばかしいことだってことが……あなたは熱があるんだ。明日の朝目がさめたらこんなことはきっと後悔するに決っている」

彼は立ち上がった。

マオは半身を起してベッドの外へのりだし、自分でも驚くほどの力で、彼の袖《そで》をひきとめた。

「まァ！　もう出ていらっしゃるの？　行っておしまいになるの？」

自制をけっしてうしなわぬ決心をしたアンヌは溜息《ためいき》をつきながらまたすわった。おそらくこの外観にかくれてアンヌの内には苦しんでいる一人の男がいるらしいことを、そのときマオはみとめた。そして、はげしい反抗の気持からおしあげてきた言葉をつつましい語調でやわらげつついった。

「そうよ、あたしの考えは非常にばかばかしいものよ。それだから、それでフランソワのお母さんに手紙を書いたの。あの人は来てくれました。なにもかも知っています。あの人は、これがとるにたらぬ子供っぽいことだとはいいませんでした」

「あなたはそんなことをしたの？」と彼は吃《ども》りながらいった。

その声の中には忿懣《ふんまん》と怒りがはっきりと感じられたから、ドルジェル夫人ははじめてこわくなった。彼女は抗弁したい気持にさえなりかけた。

人前で起る事柄だけしか現実とみとめられない、ドルジェル伯の性格にそういうところがあることをわれわれは知っている。セリューズ夫人に手紙を書いたということで、彼はマオのいっているのは嘘でなく、彼女はフランソワを愛しているのだ、とはじめてわかったのではあるまいか？　いままで冷やかなままであったアンヌに、これは苦しいことになるといった気持がはじめて生れてきた。彼は苦しみそのものより、そのためにしなければならなくなる行動のほうをよけいにおそれていた。この告白は、おそらくいままでの自分の頑固な方針だったようにあつかうことはできなくなりそうだ。つまり、世間に知らされたために重大化する不謹慎。気持のままに行動してあとで世評をもみ消すことを考える他の人たちとは反対に、伯爵《はくしゃく》は職業的にもっとも緊急なことに注意をむけた。つまり、自分のうけた衝撃、自分のこの呆然《ぼうぜん》たる気持をまず処理しようとするのだった。そして後先《あとさき》を逆にして、心の苦悶《くもん》は後のこと、自分一人になったときにとっておいた。

ようやく彼はわかろうとしはじめた！　マオは自分の言葉が効を奏したことを見てとった。嵐のおこるのを待ち、それを望みながら、彼女は目を閉じた。しかるに、アンヌはすでに特にきわだってつよい言葉を口にしたりして平生のもったいぶった態度をやぶったことを後悔していた。びくびくふるえているマオの耳に、彼が非常におだやかな声でいうのがきこえた。

「ばかなことだ……。なんとかして、その拙《まず》いやり方をうまくつくろうようにしなくっちゃ」

この二人のあいだには大きな距離があった。その距離が、こういうおだやかな言葉をいわせた心理作用を、マオにどうしても理解できないようにしていたのだ。最後のところでからだが落下するああいう夢の中にいるかのように、彼女はしずかに枕《まくら》の上に寝た。こういう落下ははっと目ざめさせる。彼女は目がさめた。起き直った。彼女は夫をじっと見た。が、ドルジェル伯は自分の前にいるのがいままでと変った一人の女性であることをさとらなかった。

マオは、別の世界に坐《ざ》して、夫を眺めていた。伯爵は、自分の遊星にいて、起った変化にはまるで気がつかなかった。そして、狂熱的な女のかわりに今では一つの影像に話しかけているのだった。

「さあ！　マオ、落着くんだよ。ここは植民地の島なんかじゃないんだ。起ったことはしかたがない、なんとか後始末をうまくつけるさ。フランソワは舞踏会にぜひ来てもらおう。たぶん、セリューズ夫人にも来てもらったほうがいいと思う」

それから、彼女の髪に接吻《せつぷん》して、出てゆきがけに――

「フランソワにはぜひダンスのはじめにいっしょに出てもらわなくっちゃ。あなたがなにかいい仮装をえらんでおあげよ」

部屋の入口のところに立ったアンヌは立派だった。少しずつ後ずさりして出てゆきつつ、頭をものものしくふり動かしながら自分ではそれと気づかずに催眠術師のよくつかう言葉をつかったとき、彼はじつに壮大ともいうべき軽佻《けいちよう》さの義務を果していたのではなかったか――
「さあ、マオ、眠りなさい！　いいかい」

注解

ページ

一三　*マルチニック島（La Martinique）　大西洋の仏領小アンチーユ諸島中の主要な島。火山噴出のため、しばしば大災害をうけ、特に一九〇二年の大噴火はこの小説に書かれているように主要都市サン・ピエールを全壊させた。産物は砂糖、ラム酒、コーヒー、カカオ、綿等。（一六三五年以来仏領）

一四　*ジョゼフィーヌ（Josephine）　ナポレオンの最初の皇后。この女性についてここに書かれていることは史実である。一七六三年マルチニック島に生れる。タシェ家の出生。(Marie-Josephe-Rose, Tascher, De La Pagerie)。一七七九年ボーアルネ子爵《ししゃく》と結婚。子爵は一七九四年断頭台上に死す。後、ボナパルト将軍と結婚。一八〇四年皇后となる。一八〇九年離婚。一八一四年マルメゾンで死す。

三二　*ロバンソン（Robinson）　パリの南方、ソー（Sceaux）に近い遊覧地。樹木が多く、その樹《き》の上に小料亭がつくったりしてある。驢馬《ろば》がいてそれに乗って散歩する人もある。現在では料理店、ダンス場等多し。ロバンソン（ロビンソンの仏音）という名は、樹の上で食事をしたりするので、「ロビンソン・クルーソー」から来たという。

三四　*グラン・ギニョル座　パリの特殊な劇場。センセーショナルな、戦慄《せんりつ》的な場面をしくんだ芝居を演じるので有名である。

八四　＊ヌムール公が恋に……ふり向きもせぬだろう。ヌムール公は『クレーヴの奥方』の恋人。宝石商のところでクレーヴの奥方の美しさにうたれて求婚するのは、ヌムール公ではなく、夫のクレーヴ殿である。

一三七　＊バスク（Basques）　フランスとスペイン国境の山岳地帯から海岸にかけての地方。夏期の避暑地として有名。

一八四　＊ニコラス皇帝　ニコラス二世。一九一七年のロシア革命で退位。一九一八年七月殺害された。

解説

生島遼一

『ドルジェル伯の舞踏会』の読後印象を率直にいうと、日常意識の達しない深いところにしかれた将棋盤上で、象牙《ぞうげ》彫りの駒《こま》がふれあう音を聞くような感じである。作中人物の抵抗のある、硬《かた》い心理の図表が、幾何学の線のように、美しく跡づけられている。たしかに作者の二十歳という年齢を忘れさせるみごとさだ。そこに、ある不自然、人工を感じる人もある。しかしまた、この正確な、感情の分析のみを目的とすることを約束し、それを実行することにこれほど潔癖な文体は、青年の裸体のようなひきしまった清らかさを、われわれに感じさせはしないだろうか？

作者がこの小説で書こうとしたものは、冒頭の一句ですでに明瞭《めいりよう》すぎるくらいはっきりしている。

「清浄な心のやる無意識の操作《はたらき》というものは、不行跡《ふしだら》な心のやるさまざまな工夫工面より、もっと奇異なものである……」

また作者の残したノートの一節――《もっとも純潔でない小説と同じくらいにみだらな貞潔な恋愛小説》

この種の文学のもっとも古典的なものはラファイエット夫人の『クレーヴの奥方』であった。十七世紀に書かれたこの名作小説以来このような恋愛心理の純粋な分析を主としたいわゆる心理小説をフランス小説の伝統とすることは、常識になっている。またそして、ラファイエット夫人からスタンダールまでこの系統につらなる作品の多くが純潔な恋愛の複雑なからくりをえがいているのも事実だ。

ラディゲが『クレーヴの奥方』にまなんだことは歴然としている。ほとんど模倣の意図をさいしょからあからさまにしめして、かくそうとしていない。女主人公の《時代おくれの性格》のために、歴史的な名門の出生とか植民地生れという特徴まで用意して、現代風俗のしみこんだパリ社交界に育った上流人的性格と対照させた。クレーヴの奥方も自分の力で貞操をまもる自信を失って、ついに夫に告白する。ドルジェル夫人はやはり同様の衝動から夫アンヌにうったえて救いをもとめようとするが、アンヌがあまり遠くかけはなれた気持でいるので絶望し、自分の現に愛する男の母セリューズ夫人に手紙を書く。こういう挿話の類似のほかにも、恋愛そのものに対する女主人公の考え方にたいへん共通したものを感じさせられる。恋愛の結果を悲劇的なものと常に見て、本能的に避けようとする——いわば恋愛に対してペシミストなのである。情熱のあつかい方においてこういう作者の態度はやはり理性主義の古典派作家的といえるであろう。しかし、一つ注意していいこと、この作品の理解に大切だと思われることを記しておこう。それは、ラディゲがこうした純潔な恋愛の発生のもとに、自然な感情のうごきをはっきりと見ていることである。フランソワがはじめてドルジェル家へ招かれた日、客間の煖炉《だんろ》を前にしてはじめてくつろいだ気持になった彼は田舎の話をし、そのときはじめてマオの眠っていた心に新しい感情が生れる。

「客間では煖炉に薪《まき》がもえていた。この煖炉を見るとセリューズには田舎の思い出がよみがえった。燃えあがる炎は彼が閉ざされそうに感じていた氷を解かしてくれるのだった。

　彼はしゃべった。率直にしゃべった。この率直さはさいしょは拒否のように感じられてドルジェル伯は少し気をわるくした。伯爵《はくしやく》は誰かが（私は火が好きです）などということができるとは想像したことがなかった。これに反して、ドルジェル夫人の顔は生きいきとしてきた……フランソワの言葉は、野生の花を贈られたように、彼女をさわやかにした。彼女は鼻孔をひろげて深く呼吸した。彼女はかたく閉ざしていた唇《くちびる》をひらいた。二人は田舎の話をした」（本文六十五ページ）

この一節はその正確さによって美しい。恋愛の発生には常に自然な感情がある。珍しい発見ではないが、ラディゲはこれを非常に正確に書いている。そして、この源泉的な感情は、フランソワとマオの恋愛の発展につねに伴奏しているばかりでなく、この小説のえがく心理の二重性、《錯誤の喜劇》を解くポイントでもある。フランソワとマオは田舎を愛し、《緑色したもの》を愛し、戸外で語ることを愛する。雨の日に客間に閉じこめられるともう落着かない。一方、アンヌ・ドルジェルやポール・ロバンは、《人工的な雰囲気、人がいっぱい集まっていて強烈に照らされた室内にいないと気持が落着かぬ》人種なのである。かれらの周囲にいる多くの上流人はすべてそういう人間だ。つまり《仮装舞踏会》の人びとである。題名の《舞踏会》はこのように仮面をつけることを常習とし、《自己以外の人間になること》に熱情をもつこれらの人びとの人工的な世界を象徴している。そこで、一番最後の場面、あの《ナルモフの帽子》の小事件をふくむ晩餐会《ばんさんかい》は、この小説のクライマックスであることがよく理解されよう。

恋愛は自然な感情を復活させる。そこで恋をしている者は必然的に孤独になる。恋をしているフランソワは《自己以外のものには絶対になりたくない》。マオも孤独の中に一人はなされている。自然な愛情から遠く生活し、物事の《深奥《しんおう》な性質》を理解できない社交人たちにはこの場面の劇的な意味も、女主人公の苦悩もわからない。皮肉にもただ一人、外来客ナルモフの無邪気な目にだけ彼女の苦しみがかすかに洞察できたのだ。ドルジェル夫人の悲劇はこういうものなのである。クレーヴの奥方より現代化した社交的洗練の中に生きつつ、恋愛によって彼女の内部によみがえった孤独な、自然な感情が、十七世紀の宮廷よりさらに複雑化した《仮装舞踏会》の虚偽と人工の中にあって苦しんでいる。

一九二〇年代には内面的な分析を主とする心理小説がフランスには多くあらわれた。リヴィエール、ラクルテル、モーリアック等の作品がそれで、これらを《『クレーヴの奥方』の子供たち》と名づけている批評家がいる。ラディゲもその中に伍《ご》する。プルーストの影響、ベルグソン哲学やフロイド的精神分析の流行はこの時期の文学に様々のニュアンスをあたえた。中でラディゲの明確本位の感情分析の態度はその文体とともにもっともモラリスト的で古典主義的といわれる。この見方は正しい。が、彼の作品が従来のモラリスト的心理学や伝統的心理小説の模倣におわっているというのは、あたらない。批評家ティボーデもいうように、従来のフランス心理小説的手法では、作者の知的な位置が作中人物のどれかと一致して、その時々に都合よく説明する。

ラディゲの小説では、作者の知的な位置はけっして人物のどれとも一致しない。常に人物の外にある。それは人物の心の動きとは別に幾何学の軌跡のような線をえがいている。こういう特色はプルースト、ドストエフスキーのようなもっとも現代的な小説に見られるが、ラディゲはこれをもっとも純粋な形に完成しようとこころみたというのである。

『危険な関係』や『アドルフ』などのような典型的な心理小説に比べても、その新しさが感じられる。十八世紀小説についてはラディゲみずから本文の中で批評をくわえているが、『舞踏会』には驚くべき自制力や注意の緊張があるにもかかわらず、pervers（敗徳的）でない。一種のみずみずしさ、清潔な神経のごときものがある。現代的 perversité（敗徳）への抗議である。さきにいった《自然な感情》の伴奏が若さの詩をあたえている。

昨年から評判になった大岡昇平氏の『武蔵野《むさしの》夫人』は《ドルジェル夫人のような心の動きは云々《うんぬん》》という第一行をかかげているのでも明らかなように『舞踏会』とは多くの点で血縁を暗示している。大岡君自身が語るところでは、あれを書くのに『クレーヴの奥方』と『舞踏会』を大いに参考にしたのだそうだ。もちろん、この二つのフランス小説をそのまま下じきにして書いたようにいうのは嘘《うそ》で『武蔵野夫人』はけっしてこれら二小説の模倣ではない。ただ興味ふかいことは、あの小説で大岡君はやはり貞潔な恋愛のもつ逆説的なからくりを書こうとし、そして日本では稀《まれ》な密度のある心理分析小説をこころみたことだ。こういう貞潔な恋愛の奇異なはたらきは、現代の感情としてどういう意味をもつのであろうか？　時代おくれであるのか、新しいのか？　ドニ・ド・ルージュモンはその著書『恋愛と西欧』において二十世紀文学における純潔な神秘的な恋愛感情の復活を指摘している。いずれにせよ、従来フランス小説にはなはだ典型的であり、逆に日本では不思議に誰も手をつけなかった《恋愛心理》の文学に着眼したことは大岡君の独創だった。『武蔵野夫人』があれほどの反響をよんだ理由はここにあると、私は信じている。

翻訳に使用したテキストは一九四七年版（一四〇版）である。

（一九五一年八月）

ボードレール
三好達治訳

巴里の憂鬱

パリの群衆の中での孤独と苦悩を謳い上げた50編から成る散文詩集。名詩集「悪の華」と並んで、晩年のボードレールの重要な作品。

堀口大學訳

ボードレール詩集

独特の美学に支えられたボードレールの詩的風土──「悪の華」より65編、「巴里の憂鬱」より7編、いずれも名作ばかりを精選して収録。

ボードレール
堀口大學訳

悪の華

頽廃の美と反逆の情熱を謳って、象徴派詩人のバイブルとなったこの詩集は、息づまるばかりに妖しい美の人工楽園を展開している。

サン＝テグジュペリ
堀口大學訳

夜間飛行

絶えざる死の危険に満ちた夜間の郵便飛行。全力を賭して業務遂行に努力する人々を通じて、生命の尊厳と勇敢な行動を描いた異色作。

サン＝テグジュペリ
堀口大學訳

人間の土地

不時着したサハラ砂漠の真只中で、三日間の渇きと疲労に打ち克って奇蹟的な生還を遂げたサン＝テグジュペリの勇気の源泉とは……。

サン＝テグジュペリ
河野万里子訳

星の王子さま

世界中の言葉に訳され、60年以上にわたって読みつがれてきた宝石のような物語。今までで最も愛らしい王子さまを甦らせた新訳。

カミュ
窪田啓作訳

異邦人

太陽が眩しくてアラビア人を殺し、死刑判決を受けたのちも自分は幸福であると確信する主人公ムルソー。不条理をテーマにした名作。

カミュ
清水徹訳

シーシュポスの神話

ギリシアの神話に寓して〝不条理〟の理論を展開、追究した哲学的エッセイで、カミュの世界を支えている根本思想が展開されている。

カミュ
宮崎嶺雄訳

ペスト

ペストに襲われ孤立した町の中で悪疫と戦う市民たちの姿を描いて、あらゆる人生の悪に立ち向うための連帯感の確立を追う代表作。

カミュ
高畠正明訳

幸福な死

平凡な青年メルソーは、富裕な身体障害者の〝時間は金で購われる〟という主張に従い、彼を殺し金を奪う。『異邦人』誕生の秘密を解く作品。

カミュ
大久保敏彦
窪田啓作訳

転落・追放と王国

暗いオランダの風土を舞台に、過去という楽園から現在の孤独地獄に転落したクラマンスの懊悩を捉えた「転落」と「追放と王国」を併録。

カミュ・サルトル他
佐藤朔訳

革命か反抗か

人間はいかにして「歴史を生きる」ことができるか――鋭く対立するサルトルとカミュの間にたたかわされた、存在の根本に迫る論争。

ヴェルヌ
波多野完治訳

十五少年漂流記

嵐にもまれて見知らぬ岸辺に漂着した十五人の少年たち。生きるためにあらゆる知恵と勇気と好奇心を発揮する冒険の日々が始まった。

B・ヴィアン
曾根元吉訳

日々の泡

肺に睡蓮の花を咲かせ死に瀕する恋人クロエ。愛と友情を語る恋人たちの、人生の不条理への怒りと幻想を結晶させた恋愛小説の傑作。

テリー・ケイ
兼武　進訳

白い犬とワルツを

誠実に生きる老人を通して真実の愛の姿を美しく爽やかに描き、痛いほどの感動を与える大人の童話。あなたは白い犬が見えますか？

S・モーム
金原瑞人訳

月と六ペンス

ロンドンでの安定した仕事、温かな家庭。すべてを捨て、パリへ旅立った男が挑んだものとは——。歴史的大ベストセラーの新訳！

サルトル
伊吹武彦他訳

水いらず

性の問題を不気味なものとして描いて実存主義文学の出発点に位置する表題作、限界状況における人間を捉えた「壁」など5編を収録。

ボーヴォワール
青柳瑞穂訳

人間について

あらゆる既成概念を洗い落して、人間の根本問題を捉えた実存主義の人間論。古今の歴史や文学から豊富な例をひいて平易に解説する。

サガン
河野万里子訳
悲しみよ　こんにちは
父とその愛人とのヴァカンス。新たな恋の予感。だが、17歳のセシルは悲劇への扉を開いてしまう――。少女小説の聖典、新訳成る。

サガン
朝吹登水子訳
ブラームスはお好き
美貌の夫と安楽な生活を捨て、人生に何かを求めようとした三十九歳のポール。孤独から逃れようとする男女の複雑な心模様を描く。

サリンジャー
村上春樹訳
フラニーとズーイ
どこまでも優しい魂を持った魅力的な小説……『キャッチャー・イン・ザ・ライ』に続くサリンジャーの傑作を、村上春樹が新訳!

J・ジュネ
朝吹三吉訳
泥棒日記
倒錯の性、裏切り、盗み、乞食……前半生を牢獄におくり、言語の力によって現実世界の価値を全て転倒させたジュネの自伝的長編。

上田和夫訳
シェリー詩集
十九世紀イギリスロマン派の精髄、屈指の抒情詩人シェリーは、社会の不正と圧制を敵とし、純潔な魂で愛と自由とを謳いつづけた。

メーテルリンク
堀口大學訳
青い鳥
幸福の青い鳥はどこだろう? クリスマスの前夜、妖女に言いつかって青い鳥を探しに出た兄妹、チルチルとミチルの夢と冒険の物語。

スタンダール
大岡昇平訳

パルムの僧院（上・下）

〝幸福の追求〟に生命を賭ける情熱的な青年貴族ファブリスが、愛する人の死によって僧院に入るまでの波瀾万丈の半生を描いた傑作。

スタンダール
小林正訳

赤と黒（上・下）

美貌で、強い自尊心と鋭い感受性をもつジュリヤン・ソレルが、長年の夢であった地位をその手で摑もうとした時、無惨な破局が……。

スタンダール
大岡昇平訳

恋愛論

豊富な恋愛体験をもとにすべての恋愛を「情熱恋愛」「趣味恋愛」「肉体的恋愛」「虚栄恋愛」に分類し、各国各時代の恋愛について語る。

バルザック
石井晴一訳

谷間の百合

充たされない結婚生活を送るモルソフ伯爵夫人の心に忍びこむ純真な青年フェリックスの存在。彼女は凄じい内心の葛藤に悩むが……。

バルザック
平岡篤頼訳

ゴリオ爺さん

華やかなパリ社交界に暮す二人の娘に全財産を注ぎこみ屋根裏部屋で窮死するゴリオ爺さん。娘ゆえの自己犠牲に破滅する父親の悲劇。

アベ・プレヴォー
青柳瑞穂訳

マノン・レスコー

自分を愛した男にはさまざまな罪を重ねさせ、自らは不貞と浪費の限りを尽してもなお、汚れを知らない少女のように可憐な娼婦マノン。

モーパッサン
新庄嘉章訳
女の一生
修道院で教育を受けた清純な娘ジャンヌを主人公に、結婚の夢破れ、最愛の息子に裏切られていく生涯を描いた自然主義小説の代表作。

モーパッサン
青柳瑞穂訳
脂肪の塊・テリエ館
〝脂肪の塊〟と渾名される可憐な娼婦のまわりに、ブルジョワどもがめぐらす欲望と策謀の罠――鋭い観察眼で人間の本質を捉えた作品。

青柳瑞穂訳
モーパッサン短編集
(一・二・三)
モーパッサンの真価が発揮された傑作短編集。わずか10年の創作活動の間に生み出された多彩な作品群から精選された65編を収録する。

モリエール
内藤濯訳
人間ぎらい
誠実であろうとすればするほど世間とうまく折り合えず、恋にも破れて人間ぎらいになっていく青年を、涙と笑いで描く喜劇の傑作。

ユゴー
佐藤朔訳
レ・ミゼラブル
(一〜五)
飢えに泣く子供のために一片のパンを盗んだことから始まったジャン・ヴァルジャンの波乱の人生……。人類愛を謳いあげた大長編。

ルナール
岸田国士訳
博物誌
澄みきった大気のなかで味わう大自然との交感――真実を探究しようとする鋭い眼差と、動植物への深い愛情から生み出された65編。

M・ルブラン
堀口大學訳
8　1　3
―ルパン傑作集(Ⅰ)―

殺人現場に残されたレッテル"813"とは？恐るべき冷酷さで、次々と手がかりを消していく謎の人物と、ルパンとの息づまる死闘。

M・ルブラン
堀口大學訳
続　8　1　3
―ルパン傑作集(Ⅱ)―

奸計によって入れられた刑務所から脱獄、ヨーロッパの運命を託した重要書類を追うルパン。遂に姿を現わした謎の人物の正体は……。

M・ルブラン
堀口大學訳
奇　岩　城
―ルパン傑作集(Ⅲ)―

ノルマンディに屹立する大断崖に、フランス歴代王の秘宝を求めて、怪盗ルパン、天才少年探偵、イギリスの名探偵等による死の闘争図。

M・ルブラン
堀口大學訳
ルパン対ホームズ
―ルパン傑作集(Ⅴ)―

フランス最大の人気怪盗アルセーヌ・ルパンと、イギリスが誇る天才探偵シャーロック・ホームズの壮絶な一騎打。勝利はいずれに？

S・シン
青木　薫訳
フェルマーの最終定理

数学界最大の超難問はどうやって解かれたのか？　3世紀にわたって苦闘を続けた数学者たちの挫折と栄光、証明に至る感動のドラマ。

S・シン
青木　薫訳
暗号解読
(上・下)

歴史の背後に秘められた暗号作成者と解読者の攻防とは。『フェルマーの最終定理』の著者が描く暗号の進化史、天才たちのドラマ。

Title : LE BAL DU COMTE D'ORGEL
Author : Raymond Radiguet

ドルジェル伯《はく》の舞踏会《ぶとうかい》

新潮文庫　ラ－3－1

昭和二十八年八月二十五日 発行
平成十九年五月二十五日 五十四刷改版
令和五年三月五日 五十七刷

訳者 生《いく》島《しま》遼《りょう》一《いち》

発行者 佐藤隆信

発行所 株式会社 新潮社

郵便番号 一六二―八七一一
東京都新宿区矢来町七一
電話 編集部(〇三)三二六六―五四四〇
読者係(〇三)三二六六―五一一一
https://www.shinchosha.co.jp

価格はカバーに表示してあります。

乱丁・落丁本は、ご面倒ですが小社読者係宛ご送付ください。送料小社負担にてお取替えいたします。

印刷・錦明印刷株式会社　製本・株式会社植木製本所

ISBN978-4-10-209401-3 C0197